Dominique et Véronique GARDÉ

L'ÉTRANGE DISPARITION

Illustrations de
Marcel LAVERDET

Editions Hemma

Chapitre I

LA CAVALCADE

Il fait très beau en ce matin de 14 juillet. Le ciel est bien dégagé, le soleil est au rendez-vous ; toutes les conditions semblent réunies pour que la fête prévue dans l'après-midi soit réussie.

À la fin du déjeuner, Karine donne un discret coup de pied sous la table à son frère Nicolas qui comprend aussitôt le message et demande à leurs parents :

— Est-ce que vous voulez bien que nous allions voir le défilé de chars tout à l'heure à la cavalcade ?

— Malheureusement, vous savez bien que c'est impossible, répond madame Decassis, leur maman ; tante Marthe est malade et nous devons lui rendre visite, vous le savez, pourtant !

— Oui... C'est vrai ! rétorque Nicolas,

visiblement déçu. Ce n'est pas de chance...

— Nous lui avons promis d'y aller aujourd'hui, car elle est âgée et attend toujours nos visites avec impatience, insiste à son tour leur père.

— J'ai trouvé la solution! s'exclame Karine; papa et maman n'ont qu'à aller voir tante Marthe comme prévu et nous, nous irons à la cavalcade... Ce n'est pas plus compliqué que cela.

— Bien sûr! C'est génial, Karine! approuve son frère.

— Vous comptez vous rendre seuls là-bas? s'inquiète madame Decassis.

— Seuls? Tu veux rire... il y aura un monde fou! répond Karine.

— Ne joue pas sur les mots, tu sais très bien ce que je veux dire.

— Oui, m'man, je plaisantais... Mais rassure-toi, Franck sera avec nous, nous le retrouverons place de Verdun à quatorze heures, à l'arrêt des autobus, précise Karine.

— Ah, je vois... déclare monsieur Decassis. Vous avez déjà tout organisé!

— Alors, c'est oui? demande Nicolas.

— Laisse-nous réfléchir, répond son père, je ne sais pas si c'est bien prudent. Le festival de la musique vient de commencer et tous les ans cela attire de nombreux voyous venus d'un peu tous les horizons.

— Dans la journée il n'y a peut-être rien à craindre, tu sais, fait remarquer madame Decassis.

— Maman a raison, renchérit Nicolas; comme ils passent la nuit à boire et à faire la fête, ils doivent dormir dans la journée; de toute façon, nous resterons à côté du commissariat... On vous promet de faire très attention et d'éviter tous les gens qui nous paraîtront louches, hein, Karine?

— Oui... Oui, promis, juré! Alors, c'est oui?

Monsieur et madame Decassis échangent un bref regard.

— Après tout, à treize et quatorze ans, Karine et Nicolas ne sont plus des bébés, déclare madame Decassis, faisons-leur confiance.

— D'accord... Vous m'avez tous convaincu, admet monsieur Decassis. J'accepte, mais à condition que vous ne restiez pas à traîner dans les rues ensuite ; dès que la cavalcade sera terminée vous rentrerez à la maison, c'est compris ?

— Oui, chef ! Message reçu cinq sur cinq, crie Karine en se précipitant vers la porte de la salle à manger, suivie de près par son frère. Embrassez bien tante Marthe pour nous ! ajoute-t-elle en agitant la main en signe d'adieu, et encore merci, papa et maman !

Karine est une jolie blonde aux yeux verts ; toujours de bonne humeur, prête à rendre service, elle incarne la joie de vivre. Une tendre complicité la lie à son frère depuis sa plus petite enfance ; elle lui voue une admiration sans bornes ; auprès de lui, elle se sent toujours en sécurité, car il est fort et sûr de lui. Elle pourrait le suivre au bout du monde s'il le lui demandait.

— On prend les VTT ? demande Karine en sortant de la maison.

— Si tu veux te le faire voler, prends-le !

— Tu as raison... Allons-y à pied, soupire Karine.

Elle emboîte le pas à Nicolas, et tous deux

se dirigent vers la place de Verdun.

Plus ils approchent, et plus Karine accélère, ce que son frère ne manque pas de lui faire remarquer :

– Dis-donc, tu vas vite... Tu es bien pressée de retrouver Franck, on dirait !

– Quoi ?

– Oui... On dirait que tu te dépêches d'un seul coup ! Alors j'en déduis que c'est à cause de Franck...

– N'importe quoi ! répond-elle en faisant mine de se fâcher. Au lieu de dire des bêtises, tu ferais mieux de regarder ta montre et tu comprendrais pourquoi j'ai accéléré !

– Mince... Tu as raison ! Allez ! Bouge-toi un peu... Plus vite !

– Tu ne trouves pas que tu exagères ? Il n'y a pas deux minutes tu me reprochais d'aller trop vite, maintenant pas assez, il faut savoir ce que tu veux ! bougonne-t-elle en trottinant pour rattraper Nicolas qui s'est mis à faire des pas de géant.

Un instant plus tard ils arrivent à l'endroit où ils doivent retrouver leur ami.

– On est à l'heure, constate Nicolas, un peu

essoufflé, en jetant un coup d'œil à l'horloge qui se trouve sur la place.

– Il est pile deux heures, mais on est quand même en avance, Franck n'est pas là...

– Comme d'habitude, il va arriver en retard. C'est tout de même curieux de voir qu'il y a certaines personnes qui ont le chic pour être toujours à la traîne, souligne Karine.

– Oui, c'est une manie.

– Que veux-tu? tout le monde n'a pas comme toi une pendule dans la tête... réplique Karine en riant.

– C'est une critique?

– Loin de moi cette pensée... Non, sérieusement, je préfère les gens ponctuels, c'est pénible d'attendre toujours les retardataires.

– S'il tarde encore un peu, il va rater le début du défilé. Bon... J'en ai assez de rester planté là à attendre bêtement... Reste ici, je vais voir s'il n'est pas dans les parages... Surtout ne bouge pas, je n'en ai pas pour longtemps.

– D'accord, mais fais vite.

Se retrouvant seule, Karine regarde tout

autour d'elle, espérant voir arriver leur ami. La grande place commence à être pleine de monde; déjà elle ne voit plus son frère et cela l'angoisse un peu.

— Pourvu qu'il se dépêche, pense-t-elle. Je n'ai pas envie de rester seule ici... Et puis il fait une chaleur étouffante... Je serais mieux à l'ombre des arbres là-bas. Hum! une bonne petite glace me ferait le plus grand bien! J'irais bien en acheter une au marchand de glace, mais si je pars et si Franck arrive pendant ce temps, nous allons nous manquer... Tant pis, ce sera pour plus tard... Tandis qu'elle pousse un gros soupir, Nicolas la rejoint.

— Tu es toujours toute seule?

— Oui, tu vois bien, à moins que Franck joue les hommes invisibles!

— Très drôle... En tout cas, je n'ai aperçu personne qui ressemble à Franck... C'est toujours pareil avec lui...

— Cela ne sert à rien de ronchonner... tant pis pour lui. On entend la fanfare; le défilé vient de commencer. Ses parents ont eu tort de l'appeler Franck.

– Pourquoi?

– Ils auraient mieux fait de l'appeler Désiré, puisqu'il se fait toujours attendre.

– Ça c'est vrai! reconnaît Nicolas.

– C'est pourtant bien ici que nous devions le retrouver?

– Absolument, aucun doute là-dessus. Je commence à trouver ça curieux; déclare Nicolas. Mais où a-t'il bien pu passer?

– Il a peut-être tout simplement changé d'avis, suggère Karine.

– Ça m'étonnerait; c'est même lui qui a eu l'idée de venir, il avait très envie d'assister à la cavalcade.

Cette année, le thème du défilé est la mer et, comme d'habitude, les organisateurs ont fait preuve d'une grande imagination.

Les chars, somptueusement décorés, passent lentement devant la foule enthousiaste; les applaudissements fusent de toutes parts, sous une pluie de confettis.

Le premier char représente une huître ouverte avec, à l'intérieur, une petite fille déguisée en perle.

– Tiens, tu aurais dû poser ta candidature,

fait remarquer Nicolas.

– Pourquoi?

– Pour faire la perle, bien sûr! Regarde, elle est toute ronde... Comme toi...

– Là, tu exagères! Je sais que j'ai quelques kilos à perdre, mais tout de même! C'est vraiment sympa de me le rappeler...

– Allez, Karine, sois cool, ne te fâche pas! Tu me connais, j'ai dit ça pour plaisanter... et puis, rassure-toi, les kilos que tu penses avoir en trop, c'est dans ta tête qu'ils sont, pas ailleurs...

– C'est ça, rattrape-toi... En tout cas, Franck n'est toujours pas là, constate Karine en reprenant son sérieux. Maintenant, il a une demi-heure de retard.

Tandis que les chars se succèdent, Nicolas surveille la place.

La reine et les demoiselles d'honneur terminent le défilé installées dans une immense coquille Saint-Jacques.

– Superbe! s'extasie Karine, tu ne trouves pas, Nicolas?

– Oui... Oui... C'est splendide... répond-il d'un ton évasif en regardant derrière lui.

Sa sœur lui donne un coup de coude :

– Ah oui? Et comment est-il ce dernier char? Avoue que tu n'as rien vu!

– C'est vrai, admet Nicolas, je n'ai presque pas fait attention au défilé, j'ai guetté Franck tout le temps... Je commence vraiment à m'inquiéter, c'est anormal qu'il ne soit pas là!

– Oui, c'est bizarre; son jeu doit être vraiment passionnant!

– Qui te dit qu'il est en train de jouer? Moi, ça m'étonnerait beaucoup, au contraire. Je pense plutôt qu'il est en train de nous attendre à la maison.

— On ne va pas tarder à le savoir. De toute façon, on doit rentrer, le défilé est terminé. Ça ne sert à rien de rester ici, il ne viendra plus.

En arrivant devant chez eux, ils sont déçus de constater que leur ami n'est pas là.

— Personne... dit Nicolas, visiblement désappointé.

— Et comme papa et maman ne sont pas rentrés, il n'y a pas moyen de savoir s'il est passé à la maison, ajoute Karine.

— Il est peut-être tout simplement malade, déclare Nicolas.

— Il nous aurait prévenus.

— Il a aussi pu appeler quand nous étions partis, et comme nous n'avons pas de répondeur, c'est difficile à vérifier.

— Papa et maman sont partis après nous; ils ont très bien pu avoir un coup de téléphone, suggère Karine.

— Dans ce cas, ils nous auront laissé un mot. Allons vite voir à la maison!

Un moment plus tard, les enfants, déçus une

fois de plus, constatent qu'il n'y a pas de message à leur intention.

— Rien... Il n'a pas appelé... déclare Karine.

— Alors, il ne nous reste qu'une solution : lui téléphoner, au moins nous aurons une explication à son absence, décide Nicolas.

Chapitre II

FRANCK A DISPARU

Nicolas, visiblement inquiet, compose le numéro de Franck d'un doigt fébrile, tandis que Karine s'empare de l'écouteur.

– Allô! Bonjour madame, ici Nicolas; excusez-moi de vous déranger, est-ce que je pourrais parler à Franck, s'il vous plaît?

– Bonjour Nicolas... Franck n'est pas là. Il m'a dit vers treize heures trente qu'il partait voir le défilé avec vous. Je croyais que vous étiez toujours ensemble...

– Non, pas du tout, répond Nicolas, on ne l'a même pas vu...

– Ah bon... C'est curieux, ça, s'étonne la mère de Franck, il avait pourtant hâte de vous retrouver... A mon avis, tête en l'air comme il est, il a dû se tromper d'endroit et il est allé vous attendre ailleurs.

– Oui, c'est sûrement ça... Merci, madame,

au revoir.

– Dès que Franck rentrera, je lui dirai de passer vous voir. Au revoir, Nicolas.

– Tu as entendu comme moi, il est donc bien parti là-bas, déclare Nicolas en raccrochant, l'air songeur, on aurait dû le voir, alors... Je n'y comprends rien! Il est peut-être parti, mais pas arrivé, en tout cas!

– Oui, ce n'est pas son style de donner un rendez-vous et de filer ailleurs.

– Pourtant, si c'est le cas aujourd'hui, il va m'entendre!

– Ah oui, alors! S'il nous a fait attendre pour rien, raté à moitié le défilé, tout bonnement parce que monsieur avait mieux à faire ailleurs, ça va chauffer! réplique Karine qui sent la moutarde lui monter au nez.

– Du calme, ma vieille... A mon avis, il y a une autre explication.

– Je l'espère, mais laquelle?

Découragés, les deux enfants se laissent tomber sur le canapé et réfléchissent.

– On devrait retourner en ville, suggère soudain Nicolas en se redressant; on finira bien par le retrouver et il nous dira ce qui s'est passé.

Quelques minutes plus tard, Nicolas et Karine atteignent le centre de la ville.

Ils parcourent une des principales rues au pas de course, mais en vain.

Au bout d'un moment, à bout de souffle, ils s'arrêtent.

— Je pense que c'est inutile d'insister, il y a encore beaucoup trop de monde déclare Nicolas ; comment veux-tu le retrouver dans cette foule ? Je crois qu'il vaut mieux rentrer.

— Oui, tu as raison, approuve Karine, ravie de cette décision. Je n'en mène pas large, je trouve qu'il y a des gens qui ont une drôle d'allure, je n'ai pas envie de m'attarder par ici... Quand même, il finira bien par se manifester, ce lâcheur ! Si ce n'est pas ce soir, ce sera demain.

— Il faudra bien qu'il s'explique un jour ou l'autre de toute façon... S'il ne vient pas à la maison ce soir, je ferai un saut chez lui demain matin pour lui demander s'il a fini de se payer notre tête ! déclare Nicolas, maintenant vraiment en colère contre son ami.

Ils arrivent chez eux en même temps que

leurs parents et il les mettent aussitôt au courant de la situation.

La soirée se passe, mais leur ami ne se manifeste toujours pas.

Le lendemain matin, de bonne heure, Nicolas se rend chez Franck, comme prévu.

Mais en arrivant à proximité de chez lui, il aperçoit une voiture de police stationnée devant la porte.

— Tiens, les gendarmes! Que se passe-t-il? En général, c'est plutôt mauvais signe, ils viennent rarement pour annoncer de bonnes nouvelles... Leur présence ne me dit rien qui vaille, je n'aime pas ça du tout... Qu'est-ce que je fais? J'y vais ou je n'y vais pas?

Nicolas hésite un instant puis opte pour la seconde solution et fait demi-tour.

Lorsqu'il rentre chez lui, Karine se précipite à sa rencontre en criant :

— Franck a disparu! Il n'est pas rentré hier soir!

— Qu'est-ce que tu me racontes? Si c'est une blague, elle est nulle!

— Non, malheureusement je ne plaisante pas.

– Qui t'a dit ça ?

– Sa mère… Elle vient de téléphoner pour savoir si nous avions des nouvelles. Les gendarmes sont avec elle… Mais au fait, je croyais que tu étais parti chez lui ? Tu devrais être au courant…

– Je n'ai pas osé aller sonner quand j'ai vu la voiture des gendarmes. C'est trop bête. Qu'a-t-il bien pu lui arriver ? poursuit Nicolas.

– En tout cas, il n'a pas eu d'accident, affirme Karine.

– Comment le sais-tu ?

– Réfléchis, les gendarmes auraient été prévenus en premier ! En plus, ils se sont renseignés à l'hôpital et dans les cliniques, tu penses bien, mais il n'y est pas.

– Qu'a-t-il bien pu devenir alors ? s'interroge Nicolas.

– Il a peut-être été enlevé ?

– Enlevé… dit Nicolas, je ne vois pas pour quelle raison…

– Tu sais, maintenant il y a tellement de fous…

– Mais en plein jour et devant tant de

monde, ce n'est pas possible ! En plus, il fait du karaté, ne l'oublie pas. Il aurait pu se défendre.

– Pas sûr... Il n'en a peut-être pas eu le temps. En tout cas, les gendarmes ont mis leur téléphone sur table d'écoute. S'il a été enlevé, les ravisseurs vont se manifester, ne serait-ce que pour réclamer une rançon.

– Pourtant ses parents sont loin d'être milliardaires, répond Nicolas, ça ne tient pas debout, je n'y comprends rien...

– Moi non plus. Des avis de recherche vont être diffusés à la radio, à la télévision et dans la presse pour donner le signalement de Franck.

– C'est une bonne idée. Avec tout le monde qu'il y a en ce moment dans la région, ce serait tout de même étonnant que personne ne l'ait aperçu.

– Pauvre Franck... dit Karine, ça me donne la chair de poule rien que d'entendre parler de rançon, d'avis de recherche et tout le bazar...

– Oui, ce n'est pas très gai...

– Et s'il avait tout bêtement fait une fugue ?

– Une fugue? reprend Nicolas, aussi étonné que s'il avait vu un extra-terrestre.

– Oui, c'est ça, tu as bien entendu!

– Alors là, non! Pas lui... j'en suis sûr. On peut tout imaginer sauf ça!

– Qu'est-ce que tu en sais, après tout? Même si ce n'est pas pensable, tu sais, personne n'est à l'abri d'une déprime passagère!

– Évidemment... Mais je le connais très bien; la fuite n'a jamais été son truc, il a l'habitude d'assumer ses responsabilités, c'est un battant... Non une fugue, ça ne lui ressemble pas!

– Qu'est-ce qu'on pourrait faire?

– Moi aussi, ça m'énerve de rester là à émettre des hypothèses, à me creuser la cervelle et à dire des idioties. J'aimerais mieux agir.

– Et alors, tu as une meilleure idée?

– Je crois, oui.

Une lueur d'espoir s'allume dans les yeux de Karine.

– Laquelle, dis vite...

– On va partir à sa recherche.

– Tu es fou?

– Merci Karine, ça fait toujours plaisir à entendre.

– Ce n'est pas le moment de faire l'imbécile...

– On a bien commencé à le rechercher hier, on va tout simplement continuer.

– C'était différent à ce moment-là ; maintenant c'est risqué. Imagine qu'il s'agisse d'un enlèvement, on va se fourrer dans un sacré guêpier ! fait remarquer Karine.

– Peut-être... Mais c'est notre copain et nous devons l'aider, surtout s'il est en danger. En plus, on a un avantage sur la police et la gendarmerie : nous on connaît tous les coins où il a l'habitude d'aller.

– Exact... Alors, on commence quand ?

– Tout de suite. Le temps de demander l'autorisation à maman, mais je suis sûr qu'elle dira oui, répond son frère.

Chapitre III

AVIS DE RECHERCHE

Nicolas et Karine obtiennent la permission demandée sans aucune difficulté et s'empressent de sortir.

– C'est bien beau tout ça, mais dans quelle direction faut-il aller ? demande Karine.

– Procédons par ordre et essayons d'être logique, répond son frère. Il est parti de chez lui, donc on fait pareil.

Les deux enfants se rendent au domicile de Franck, puis suivent minutieusement le chemin que leur ami aurait dû emprunter normalement, tout en furetant à droite et à gauche, à la recherche d'un éventuel indice. Arrivés à la place de Verdun, ils s'arrêtent, perplexes.

– Et revoilà la place de Verdun, annonce Karine, on va y passer notre vie, ma parole ! En tout cas, nous ne sommes pas plus avancés…

— Parce que tu croyais trouver une piste aussi vite ? Tu crois au Père Noël, ma pauvre vieille !

— Oh, ça va… Alors, qu'est-ce qu'on fait maintenant ?

— À vrai dire, je n'en sais trop rien, avoue Nicolas ; la place paraît tellement grande sans la foule qu'il y avait hier…

— Je crois que j'ai une idée géniale ! s'écrie soudain Karine.

— Géniale… Vraiment ? Dis toujours, on verra après.

— Si on allait à la cafétéria ? Avec un peu de chance, on y trouvera des copains, ils pourront nous donner un coup de main.

— Ce n'est pas bête… peut-être pas génial, mais pas bête, reconnaît Nicolas.

— Pourquoi dis-tu ça ?

— Parce que j'y ai déjà pensé, figure-toi, mais regarde l'heure : il est neuf heures trente, c'est un peu tôt… Et en plus, comme c'est les vacances, il n'y aura personne.

— C'est possible, mais pour le savoir, il faut y aller.

En quelques minutes, ils sont à la cafétéria, située à proximité des établissements scolaires, lieu de rencontre des lycéens et des collégiens.

Ils entrent, jettent un rapide coup d'œil circulaire ; seules deux tables sont occupées par des familles en vacances.

– Qui avait raison, encore une fois ? demande Nicolas en ressortant.

– Zut alors ! Je pensais qu'il y aurait eu des copains et qu'ils auraient pu nous apprendre quelque chose !

– Hé oui... mais ce n'est pas le cas. Par contre, moi, je crois avoir une idée géniale...

– Et on peut savoir laquelle ?

– La salle de jeux... et ce n'est pas loin, en plus.

– C'est trop bête, j'aurais dû y penser.

– Mais tu ne l'as pas fait, déclare Nicolas. Allez, go ! Il n'y a pas une minute à perdre !

La salle de jeux n'est effectivement pas très éloignée de la cafétéria, et les deux enfants y arrivent rapidement.

– Tiens salut, Cyril, ça va ? dit Nicolas en s'approchant d'un camarade accroché à son flipper.

— Salut, Nico! répond-il sans lever les yeux de l'appareil, qu'est-ce que tu fais ici? On te voit rarement dans le coin...

— C'est vrai, et c'est exceptionnel aujourd'hui, tu es seul?

— Non, Grégory et Sébastien jouent au baby-foot dans le fond, pourquoi?

— J'ai quelque chose d'important à vous demander.

— Dans ce cas, je vais les chercher, ne bouge pas, je reviens, déclare Cyril en abandonnant sa partie.

Il ramène aussitôt ses copains, intrigués eux aussi.

— Salut, Nicolas! Salut, Karine! Que se passe-t-il? Vous avez un problème? demande Grégory.

— Bonjour, vous deux... Ce n'est pas nous qui en avons un; je suppose que vous êtes au courant pour Franck?

— Oui, on en a entendu parler ce matin aux informations, c'est épouvantable, répond Sébastien.

— On venait voir si l'un d'entre vous l'avait

vu hier, reprend Nicolas.

— Non, affirment catégoriquement les trois garçons avec un ensemble parfait.

— Personne n'aurait une petite idée de ce qui a pu lui arriver ? Nous avons décidé de partir à sa recherche, avec Karine ; on espérait que vous auriez peut-être un tuyau à nous donner...

— Désolé, Nicolas, mais je ne sais rien, déclare Grégory.

— Essayez de vous rappeler, insiste Nicolas. Quand vous l'avez vu pour la dernière fois, est-ce qu'il n'aurait pas dit quelque chose qui aurait pu vous sembler bizarre ?

— Tu sais, répond Cyril, nous ne l'avons pas vu depuis longtemps, sûrement depuis plus longtemps que vous...

— Bien sûr, dit Karine, il est passé à la maison avant-hier pour nous demander d'assister à la cavalcade avec lui.

— Et il était normal ? questionne à son tour Grégory.

— Tout à fait, affirme Nicolas. Bon, merci à vous, nous allons continuer notre enquête.

— Est-ce que nous pouvons vous donner un

coup de main? propose Cyril.

— Ce n'est pas de refus... Vous avez vos VTT?

— Oui, ils sont devant la porte, dit Sébastien.

— Alors, vous pourriez peut-être sillonner les rues... suggère Nicolas. Pendant ce temps, Karine et moi, nous prospecterons du côté de la place de Verdun... On se retrouve ici dans une demi-heure, O.K.?

La proposition de Nicolas étant approuvée à l'unanimité, les trois garçons enfourchent leurs bicyclettes, tandis que Karine et Nicolas repartent vers la place.

— Et nous revoilà à la case départ! s'exclame Karine en arrivant sur les lieux. On devrait se séparer, tu vas d'un côté, et moi de l'autre. On ne sait jamais, il a pu perdre un objet que l'on pourrait identifier... à tout de suite.

— J'en doute... À mon avis, il n'est pas venu jusqu'ici, répond Nicolas, mais tu as raison il ne faut rien négliger; retrouvons-nous près des cabines téléphoniques.

— D'accord, approuve sa sœur en

s'éloignant, tête baissée, à la recherche d'un indice.

Nicolas part dans la direction opposée et inspecte, lui aussi, attentivement le sol.

Au bout d'un moment ils se rejoignent.

— Tu as trouvé quelque chose ? demande le jeune garçon en s'approchant de Karine.

— Non rien, malheureusement, et toi ?

— Je suis bredouille aussi… Mais dis-donc, regarde sur la porte des cabines téléphoniques, on dirait que c'est la photo de Franck !

— Si ce n'est pas lui, c'est bien imité, en tout

cas... Les gendarmes n'ont pas traîné, tant mieux. Viens, on va aller voir ça de plus près. Les enfants s'approchent et découvrent effectivement un avis de recherche placardé sur les portes des cabines; sous la photo de leur camarade, on peut lire l'inscription suivante :

«On recherche un jeune garçon, Franck, âgé de quatorze ans, disparu depuis le 14 Juillet. Taille : 1 m 60 environ. Yeux clairs, cheveux noirs coupés court. Au moment de sa disparition, il était vêtu d'un tee-shirt vert avec, dans le dos un dessin représentant Astérix, et d'un bermuda blanc. Toute personne susceptible de pouvoir donner des renseignements à son sujet est priée de prendre contact le plus rapidement possible, soit avec la gendarmerie, soit avec le commissariat.»

– Cela fait un drôle d'effet de lire ça... dit Karine. Pourvu que ça marche!

– Oui, il faut croiser les doigts... Quelqu'un l'aura bien vu, tout de même!

– Espérons-le, il faudrait bien que l'enquête... démarre, poursuit-elle dans un murmure.

– Hou! hou! Karine... Tu te sens bien? demande Nicolas.

– Chut! ordonne-t-elle. Regarde sans en avoir l'air le bonhomme qui est là-bas... Je l'ai remarqué déjà tout à l'heure; il n'a pas bougé depuis notre arrivée, figure-toi; on dirait qu'il nous observe.

– Tu rêves... D'ailleurs, il doit penser exactement la même chose à ton sujet, puisque, apparemment, tu n'as pas arrêté de le surveiller... Je voudrais bien savoir ce qu'il s'imagine... Sûrement que tu es en train de le draguer... déclare Nicolas en éclatant de rire.

– T'es bête!

– Bon, soyons sérieux : à mon humble avis ce brave homme promène tout simplement son chien.

– C'est ça... son chien! Et où est-il? Tu le vois, toi? C'est sûrement une nouvelle race alors : le chien invisible...

– Alors, s'il n'a pas de chien, c'est qu'il se balade...

– Mais non, je te dis qu'il nous surveille, insiste Karine.

– Toi, tu as vu trop de films policiers à la télé et tu te fais des idées... Ne t'occupe donc pas de lui ; il doit attendre quelqu'un ou quelque chose.

– Je le trouve suspect quand même. Regarde un peu son allure... Il a vraiment une sale tête et, en plus, il est habillé tout en noir. Ce type est vraiment lugubre et me fait froid dans le dos. Brrr... Filons vite d'ici, je commence à avoir peur, dit Karine en tirant son frère par le bras, viens !

– Tu n'es qu'une petite froussarde et c'est tout... On s'en va pour l'instant, mais je te préviens, on reviendra. C'est l'heure d'aller retrouver les autres à la salle de jeux.

Leurs trois copains sont fidèles au rendez-vous et les attendent devant la porte.

– Alors ? questionne Nicolas en s'approchant.

– Rien, malheureusement, répond Cyril.

– Personne ne l'a vu, déclare Grégory.

– Et pourtant on a dû parcourir toutes les rues, les grandes et les petites, ajoute Sébastien.

Karine et Nicolas se regardent en poussant

un grand soupir de découragement.

– C'est vraiment désespérant, on dirait qu'il s'est volatilisé, fait remarquer Karine.

– Et si on allait jusqu'à notre refuge? suggère Nicolas.

– Votre refuge? Où est-ce? demande Sébastien.

– Sur l'île de Ré, répond Karine. C'est une bonne idée... Vous venez avec nous?

– C'est impossible... Nous avons une compétition de karaté cet après-midi en Vendée, et nous devons partir bientôt, explique Cyril.

– C'est dommage... Tant pis... Merci quand même pour votre coup de main, et bonne chance pour tout à l'heure! dit Nicolas.

– O.K.! Merci et bonne chance à vous aussi! dit Sébastien.

– Tu crois que les parents vont nous laisser aller là-bas maintenant? s'inquiète Karine, tandis qu'il prennent le chemin du retour.

– Ne t'en fais pas. Je vais user de toute ma force de persuasion et ça va marcher...

Une fois de plus, monsieur et madame

Decassis se montrent compréhensifs et, après les recommandations d'usage, Karine et Nicolas enfourchent leurs VTT et prennent la direction de l'île de Ré.

Chapitre IV

LE REFUGE

Les quelques kilomètres séparant la ville de l'île de Ré sont vite franchis et les enfants arrivent bientôt en vue du pont.

— Tu as vu un peu cette queue? demande Karine en montrant les files de voitures qui attendent au péage.

— Oui... Heureusement que le couloir réservé aux vélos est dégagé; il n'y a presque personne, on va pouvoir avancer vite... Allez, c'est parti! annonce Nicolas en s'élançant à l'assaut du pont.

— Ah non! Attends-moi, s'il te plaît! supplie sa sœur, je ne pédale pas aussi vite que toi.

— D'accord, je vais ralentir... Mais c'est bien parce que c'est toi.

— Comme c'est beau, tout de même! s'exclame Karine, émerveillée, en regardant le splendide paysage qui s'offre à elle, je crois que je ne me lasserai jamais d'admirer tout ça.

– Eh bien, ce sera pour une autre fois... On n'a pas le temps de faire du tourisme pour le moment... Allez, du nerf, appuie un peu sur tes pédales, tu traînes!

– Désolée, mais je ne peux pas avancer plus vite.

– Remarque, si tu te taisais un peu, tu pourrais économiser ton souffle et tes forces.

En soupirant, la pauvre Karine accélère un peu, mais se sent bien vite incapable de garder ce rythme longtemps.

– Pas si vite, Nicolas, ou j'abandonne. Ça monte, c'est fatigant!

– Tu n'as qu'à te dire que ça va redescendre de l'autre côté, conseille son frère.

Tant bien que mal, Karine parvient au milieu du pont et apprécie ensuite la descente.

– Hum... ce petit vent sur la figure fait un bien fou, tu ne trouves pas? Je commençais à suer à grosses gouttes... Encore quelques mètres de montée et je tombais raide morte!

– Ne t'inquiète pas, nous pourrons nous

rafraîchir quand nous serons arrivés.

– Tu n'as pas oublié d'emporter le jus d'orange, j'espère?

– Bien sûr que non! Tu parles, une bouteille de deux litres, ça se sent dans le sac à dos...

– On n'a qu'à en boire un peu tout de suite, ce sera plus léger ensuite, propose Karine.

– Pas question! Quand on sera là-bas... Il faut se dépêcher!

– Heureusement qu'il y a des pistes cyclables un peu partout sur l'île, c'est moins dangereux, déclare Karine.

– Comme tu dis... Je nous imagine mal en train de faire du slalom entre les voitures.

– J'ai l'impression qu'il vient de plus en plus de monde sur cette pauvre île chaque année; regarde un peu comme les gens sont entassés dans les campings.

Après avoir traversé la petite ville située à proximité du pont, les enfants se retrouvent dans une pinède odorante.

– Encore un petit effort, on arrive! s'écrie Nicolas.

– Encore heureux que le refuge ne se trouve

pas à l'autre bout de l'île... Je me demande ce que nous allons y découvrir.

– À mon avis, pas grand-chose, mais sait-on jamais...

Les enfants mettent pied à terre, attachent leurs VTT au tronc d'un jeune pin et empruntent un petit sentier qui descend vers la mer et les mène à une minuscule crique, quelques mètres plus bas.

Ce n'est pas à proprement parler une plage ; on n'y voit que des grosses pierres et des rochers au milieu desquels se dresse le refuge. C'est ainsi que les enfants nomment une vieille pêcherie désaffectée. La cabane dont les planches sont maintenant disjointes, est perchée à quelques mètres au-dessus du sol, sur des poteaux de bois, au bout d'une passerelle. Pour y accéder, il faut faire des acrobaties sur la vieille échelle à laquelle il manque quelques barreaux.

Cela fait une sorte de petit promontoire qui s'avance dans la mer. Autrefois les pêcheurs y installaient un grand carrelet qu'ils descendaient et remontaient à l'aide d'un treuil ; c'est une façon de pêcher caractéristique de la région.

Cela doit faire des années qu'elle est inutilisée ; les enfants l'ont découverte un jour, tout à fait par hasard, au cours d'une de leurs promenades. Comme le plancher est encore solide, ils ont pris l'habitude d'y venir souvent pique-niquer ou se détendre. Ils apprécient particulièrement le calme de ce lieu et le regagnent après avoir pris un bon bain, fuyant les plages surpeuplées et trop bruyantes à leur goût.

– Fais attention, recommande Nicolas, l'avant-dernier barreau est branlant, il faudra que je le répare un jour.

Écoutant les conseils de son frère, Karine monte prudemment et attrape la main secourable qu'il lui tend en haut de l'échelle.

– J'ai bien peur qu'il n'y ait personne, dit-il.

– Oui, c'est bien silencieux, il n'est pas là, ou alors il dort.

Ils avancent vers la cabane, poussent la porte qui s'ouvre en grinçant : elle est vide, désespérément vide.

– On ne voit même pas la moindre trace

d'un passage éventuel, des miettes ou des restes de nourriture, constate Karine.

— Donc, il n'est pas venu ici, conclut Nicolas. Dans le fond, cela aurait été étonnant de le trouver, je ne vois pas pourquoi il serait venu se cacher là.

— Moi non plus, mais il ne fallait pas ignorer cette piste, au moins on en a le cœur net.

— Peut-être, mais on est toujours au point mort

— Oui, malheureusement... Bon, on va vite manger, j'ai faim !

— Il faut avaler nos sandwichs en quatrième vitesse et repartir en ville, annonce Nicolas.

— En ville? Mais Cyril, Sébastien et Grégory ont déjà patrouillé partout ce matin.

— Je sais, mais il faut essayer autre chose. On va rentrer chercher une photo de Franck; ça tombe bien, on a celles qui ont été prises le jour de son anniversaire, elles sont récentes. On laissera les vélos à la maison et on ira interroger les gens, explique Nicolas.

Chapitre V

L'ENQUETE DEMARRE

Le retour s'effectue comme prévu. Très gentiment, Nicolas pousse sa sœur pendant toute la montée du pont qui est un peu plus raide dans ce sens.

En arrivant, ils se précipitent à l'intérieur de la maison.

— Est-ce qu'il y a du nouveau, m'man? demande Nicolas, en se laissant tomber sur le canapé du salon.

— Hélas! non, c'est toujours l'attente et l'angoisse. Je suis allée chez Franck tout à l'heure, ses parents sont effondrés. Plus le temps passe, et plus ils craignent pour la vie de leur fils.

— Y a-t-il eu une demande de rançon? questionne à son tour Karine.

— Non, pas la moindre. C'est terrible, les gendarmes n'ont pas le plus petit commencement de piste. Et vous, vous avez trouvé quelque chose?

— Rien du tout, non plus! Il n'est pas allé là-bas, affirme Nicolas.

— Vous avez fait vite, reconnaît leur mère.

— A qui le dis-tu! Tu sais ce que c'est, avec Nicolas ça ne traîne pas; à peine arrivés, il faut déjà repartir!

— C'est tout à fait lui, déclare madame Decassis en regardant tendrement son fils. Celui-ci se lève subitement, comme s'il était poussé par un ressort, frappe dans ses mains et annonce :

— En avant, Karine! C'est reparti!

— Où allez-vous, cette fois? demande leur maman.

— Interroger les témoins éventuels, ma petite maman, répond Nicolas en fouillant dans un meuble. Voilà juste ce qu'il nous faut! s'exclame-t-il, en exhibant une photo de Franck prise en assez gros plan. C'est parfait... Tu viens, Karine?

Docile, Karine se lève à son tour et sort après avoir embrassé sa mère.

— Au fait, tu n'es pas trop fatiguée,

s'informe Nicolas au bout d'un moment.

— C'est gentil de t'en inquiéter, mais fatiguée ou pas, ça n'a pas d'importance, nous devons absolument trouver quelque chose aujourd'hui.

— Cela faisait longtemps que nous n'étions pas venus ici! déclare en plaisantant Nicolas; nous voilà une fois de plus sur cette chère place de Verdun! On va finir par la connaître par cœur! Attention, mesdames et messieurs, voici Karine et Nicolas Decassis, les meilleurs détectives privés de la région!

— Préviens-moi quand tu auras fini de faire ton numéro...

— Mais je ne joue pas, je suis tout à fait sérieux, ma chère! Tu as quelque chose à me dire?

— Oui... Je ne sais pas si cela servira beaucoup d'interroger les gens, je suis un peu sceptique.

— Pourquoi?

— En admettant que certaines personnes l'aient réellement vu, tu crois qu'elles nous le diront? D'ailleurs à mon avis, les gendarmes n'auront pas plus de chance.

Maintenant la mentalité c'est chacun pour soi. En plus les gens n'aiment pas témoigner, ils ont la frousse.

– C'est un peu vrai ce que tu dis, mais il ne faut pas généraliser ; il existe encore des personnes charitables, prêtes à tout pour sauver quelqu'un, Dieu merci ! Allez, suis-moi, il faut être positif dans la vie !

– Et si le bonhomme de ce matin est encore dans les parages, on y va quand même ?

– Bien sûr, et on commencera même par lui !

– Tu es fou... J'aimerais mieux aller ailleurs, insiste Karine. S'il te plaît, changeons d'endroit.

– Désolé, ma vieille, mais j'ai bien envie d'aller interroger le marchand de glaces qui est à l'autre bout de la place ; il était déjà là hier, il pourra peut-être nous renseigner. Ne t'occupe donc pas de ton bonhomme ; d'ailleurs je ne le vois plus, il a dû partir. Remarque, heureusement, car le pauvre, depuis ce matin, il aurait pris racine, ironise Nicolas. Ils se dirigent vers le marchand ambulant :

– Pardon, monsieur, dit Nicolas, n'auriez-vous pas vu hier après-midi un jeune garçon aux cheveux noirs?

— Tu sais, c'est bien possible... Des garçons aux cheveux noirs, j'en vois plusieurs par jour dans mon métier! Surtout hier, avec la cavalcade... Je n'ai rien vu du défilé! Par contre, ce sont les clients qui n'ont pas arrêté de défiler... Remarque, je ne vais pas me plaindre parce que les affaires marchent... Au fait, pourquoi me demandes-tu ça?

— Parce qu'il s'agit de notre ami et qu'il a disparu, répond Karine.

— Disparu? Qu'est-ce que tu me chantes? C'est sérieux?

— Hélas, oui! réplique Nicolas. Vous n'en avez pas entendu parler à la radio?

— Ma foi, non...

— Tenez, si vous ne nous croyez pas, allez voir là-bas, il y a un avis de recherche sur la porte de la cabine téléphonique!

— Je vous crois, les enfants, et je vais essayer de vous aider... Pouvez-vous me le décrire en détail?

— Justement, voici sa photo, déclare Nicolas en la lui tendant.

– Comment était-il habillé?

– Il avait un tee-shirt vert et un bermuda blanc.

– Attendez un peu, ça me dit quelque chose...

Karine et Nicolas se regardent, une lueur d'espoir dans les yeux.

– Un tee-shirt vert, dites-vous? reprend le marchand de glaces, est-ce que par hasard il n'avait pas un Astérix dans le dos? Du moins il m'a bien semblé que c'était ça.

– Mais oui, c'est lui! s'écrie Nicolas, qui a de la peine à contenir sa joie.

– Vous l'avez-vu, alors? Quand?

– Je m'en souviens maintenant, ça me revient... C'était avant le défilé, il est même resté un bon moment par ici, il avait l'air d'attendre quelqu'un.

– C'était nous qu'il attendait, pardi! intervient Karine.

– Quelle heure pouvait-il être?

– Environ treize heures quarante-cinq.

– Tiens, il était en avance pour une fois, fait remarquer Karine.

– Est-ce que vous vous souvenez d'autre

chose?

— Non, mon gars, je ne vois rien d'autre.

— Était-il seul?

— Oui, tout seul.

— Vous n'avez vu personne lui parler?

— Tu sais, un groupe d'Anglais est arrivé et comme j'étais très occupé à les servir, je n'ai plus fait attention à lui. Tout ce que je peux ajouter c'est que lorsque les Anglais ont été partis, il était toujours là et seul!

— Ensuite, vous savez ce qu'il a fait? questionne Nicolas.

— Je crois l'avoir vu faire les cent pas un instant, puis il est parti. Je l'ai vu tourner à gauche, non, à droite, excusez-moi, je dis bien, à droite, en direction du port, mais comme il y avait un groupe de personnes à cet endroit-là, je n'en suis pas très sûr...

— Quelle heure était-il?

— Treize heures cinquante-cinq, j'ai regardé l'horloge à ce moment-là car j'attendais ma femme qui devait me rejoindre à quatorze heures.

— Donc on l'a manqué à cinq minutes près, c'est rageant! s'écrie Karine.

– Oui, c'est trop bête...

– Voilà, les enfants, c'est tout ce que je sais, je vous ai tout dit. J'aimerais bien pouvoir vous aider davantage... J'espère bien que l'on retrouvera bientôt votre copain sain et sauf.

– Merci, monsieur! Vos renseignements ont été précieux. Nous allons suivre cette rue-là, nous aussi; avec un peu de chance, quelqu'un d'autre pourra nous renseigner plus loin, dit Nicolas en prenant congé du marchand de glaces.

– Je le souhaite de tout cœur... Mais si je peux me permettre de vous donner un conseil, vous devriez laisser la police s'occuper de cette affaire-là; c'est son travail... Vous, vous êtes bien jeunes pour mener une telle enquête, ce n'est pas prudent!

– Nous ferons très attention, mais nous sommes décidés à continuer, déclare Nicolas.

– Alors, dans ce cas, bonne chance, les enfants! Si vous avez l'occasion de repasser par ici, venez me voir... En attendant, prenez ceci, ajoute-t-il en leur tendant à chacun un cône glacé, ça vous donnera du cœur à l'ouvrage… Bon courage !

– Encore un grand merci, monsieur ! dit Nicolas en prenant sa glace.

– Merci, monsieur, dit à son tour Karine, mais il ne fallait pas.

– Si, si… cela me fait plaisir ! Ce n'est pas tous les jours que l'on rencontre des enfants aussi courageux que vous… Bonne chance !

Chapitre VI

PREMIERS INDICES

— Drôlement sympa, ce marchand de glaces, fait remarquer Karine, en savourant le cône au chocolat si gentiment offert. Hier, j'avais justement envie d'aller lui acheter une glace ; je ne pensais pas qu'il nous en offrirait une aujourd'hui !

— Oui, il y a des coïncidences parfois assez surprenantes... Quoi qu'il en soit, pour en revenir à notre enquête, je trouve que c'est un début plutôt encourageant, tu ne trouves pas ?

— Un peu, oui... La première personne que nous interrogeons a vu Franck, on a vraiment de la chance... A mon avis, c'est bon signe.

— Espérons que tu dises vrai... Récapitulons : Franck était donc bien à notre rendez-vous hier et au bon endroit... Alors la

première question que l'on doit se poser est :
pourquoi a-t-il quitté ensuite la place, sans
nous attendre?

— Et justement, c'est là que ça coince, le
mystère reste entier, affirme Karine.

Les enfants se taisent un moment, perdus
dans leurs pensées. Tout à coup, Nicolas
s'exclame :

— Ça y est, j'ai trouvé!

— Quoi?

— Il a sûrement eu peur d'un certain bonhomme en noir qui se trouvait place de Verdun... Tu vois de qui je veux parler, je
suppose? ironise Nicolas.

— Arrête de te moquer de moi, ce n'est pas
drôle du tout! rétorque sa sœur. Et en plus,
je n'ai vraiment pas envie de rire!

— Moi non plus, tu sais... Mais je ne résiste
jamais au plaisir de te mettre en boîte, c'est
plus fort que moi...

Tout en parlant, ils commencent à descendre la rue dont leur a parlé le marchand de
glaces.

Soudain, Karine se penche, puis se baisse
pour ramasser un papier dans le caniveau.

— Tiens, c'est nouveau, ça ! s'écrie Nicolas, tu as décidé de remplacer le service de nettoyage ? Tu m'avais caché cette récente vocation...

Mais Karine ne semble pas faire attention à la plaisanterie de son frère. Au contraire, son visage est devenu grave tandis qu'elle examine le morceau de papier ; puis elle le tend à Nicolas.

— Regarde, Nicolas, ce n'est pas un vulgaire bout de papier, c'est beaucoup plus intéressant. On dirait l'emballage des chocolats que le père de Franck lui a rapportés de son dernier voyage en Suisse. Ils sont faciles à reconnaître puisqu'ils ont tous des chalets, des paysages de montagne ou des fleurs dessus... Ce n'est pas ici que l'on peut en acheter de semblables.

— Mais ma parole, tu as raison petite sœur, c'est bien vu ! Aucun doute possible ! déclare-t-il en retournant le petit morceau de papier entre ses doigts. On le tient, notre premier indice !

— Grâce à qui, hein ? répond Karine en riant.

– Le marchand de glaces ne s'était pas trompé, Franck a bien pris cette rue, on est dans la bonne direction...

Ils poursuivent leur route tout en regardant attentivement le sol.

Au bout de quelques minutes, Nicolas se penche à son tour.

– Et de deux! annonce-t-il triomphalement; il est un peu abîmé, mais c'en est un tout de même.

– Il se prend pour le petit Poucet, ma parole! s'exclame Karine... quand même, il est dégoûtant! Il aurait pu jeter ses papiers dans les poubelles et pas par terre...

– C'est vrai, approuve Nicolas, mais heureusement qu'il ne l'a pas fait sinon nous n'aurions pas d'indices... D'ailleurs, je me demande dans quelle mesure il ne l'a pas fait exprès justement; il savait que nous connaissions ses chocolats.

– Ils sont même délicieux... ajoute Karine.

Nicolas sort le premier papier de sa poche et il les inspecte tous les deux.

– J'ai beau les tourner et les retourner, il n'y a rien d'écrit dessus, aucun message.

– Qu'est-ce que tu t'attendais à trouver?

– Je n'en sais trop rien, en fait...

– Il faudrait prévenir la police, tu ne crois pas?

– Non, c'est trop tôt. Il faut continuer nos recherches. Deux malheureux bouts de papier ne leur apporteront rien de plus, c'est un peu maigre... Et puis, si on va au commissariat, les policiers nous interdiront de continuer.

– Comme toujours, tu as raison, admet Karine.

– J'espère que de leur côté ils ont aussi commencé à trouver une piste.

Poursuivant leur chemin, ils arrivent sur le vieux port et s'arrêtent sur le quai.

– Et maintenent, on va à droite ou à gauche? demande Karine.

– Je vais te le dire tout de suite, répond Nicolas en sortant une pièce de sa poche : pile on va à droite, face à gauche. Alors, qu'est-ce que tu choisis?

– Pile.

Nicolas lance la pièce qui retombe côté pile.

– Puisque le sort vient de le décider, on

commence par les remparts. On ira de l'autre côté ensuite.

Les enfants se dirigent vers les tours qui se trouvent à l'entrée du port.

— On va aller jusqu'au podium ; de toute façon, je crois que l'on ne peut pas aller plus loin en ce moment, dit Nicolas.

Tous les ans, à la même époque, des vedettes de la chanson viennent donner des concerts sur ce podium, en plein air, au pied des remparts. Et ce festival attire toujours beaucoup de monde, y compris des voyous et des gens bizarres...

En passant devant un groupe de jeunes assis par terre, Karine pousse son frère du coude.

— Tu as vu ceux-là ? chuchote-t-elle, ils ont de drôles de têtes...

— Chut ! Et arrête de les regarder comme ça, conseille Nicolas en pressant le pas. Viens, on fait demi-tour.

A ce moment-là, ils sont sur un petit pont qui enjambe le fossé situé au pied des remparts ; Karine se penche par-dessus la balustrade et fait la grimace.

Le fossé est à sec et sert plutôt de dépotoir

pendant le festival.

— Ce n'est pas ragoûtant, ici... constate-t-elle, en découvrant des détritus de toutes sortes.

Soudain, son regard se pose sur une boîte en bois; elle appelle son frère qui continue à avancer.

— Viens voir, Nicolas!

— Non, dépêche-toi plutôt! On n'a pas de temps à perdre avec un tas d'ordures!

— Si, viens, je crois que j'ai trouvé quelque chose!

Nicolas, en soupirant, revient sur ses pas.

— Tu vois, là-bas, il y a une boîte au milieu des canettes de bière vides.

— Oui, et alors?

— Regarde-la bien... Est-ce qu'elle ne te rappelle rien?

— Mais si! On dirait celle de Franck!

— C'est ce que je pense aussi... Pour savoir si c'est elle, il n'y a qu'un seul moyen, c'est d'aller la chercher.

— J'y vais, déclare Nicolas aussitôt. Attends-moi ici, c'est trop sale en bas. D'ailleurs, il doit y avoir des rats, ajoute-t-il pour dissuader sa sœur de le suivre.

Ce dernier argument est très convaincant et Karine se contente d'observer son frère.

— Regarde où tu mets les pieds, conseille-t-elle.

Nicolas s'approche de la boîte et s'en empare.

Il la brandit à bout de bras, comme un trophée.

— C'est bien ça ! Il n'y en a pas deux comme ça, on ne peut pas se tromper !

Nicolas rejoint sa sœur.

— On dirait que c'est mon jour de chance, aujourd'hui ! fanfaronne Karine, avoue que je suis la meilleure !

— Tu as le triomphe modeste, toi au moins... Si tu continues à t'envoyer des fleurs, tes chevilles vont enfler... Bon, trêve de plaisanterie... Il s'agit bien de la boîte qu'il a fabriquée lui-même, son distributeur automatique de boissons, comme il l'appelle.

L'objet en question est une boîte en bois, très particulière ; elle mesure une trentaine de centimètres de long, autant de large ; de chaque côté, il y a deux boutons : un jaune et un vert à gauche, un rouge et un orange à droite. Chaque bouton sert à ouvrir une petite case dans laquelle se trouve une petite poche en plastique.

— Il est astucieux, tout de même! déclare Karine d'un ton admiratif. Il est bien pratique, son distributeur. Quand il a soif, il lui suffit d'appuyer sur un bouton et hop! il a aussitôt la boisson désirée : vert pour la menthe, rouge pour la grenadine, jaune pour la citronnade et orange pour l'orangeade. Il enfonce une paille dans la poche et il n'a plus qu'à déguster.

— Oui, elle est géniale, son invention. En plus, il peut boire tout en gardant les mains libres puisqu'il y a une courroie pour porter la boîte en bandoulière, et des cordons autour des petites poches pour passer autour du cou.

— Il a de la chance que son père fabrique ce genre de poches!

— En tout cas, je voudrais bien savoir ce que fait cette boîte ici, cela m'intrigue, dit Nicolas.

— Il a dû la jeter un jour en passant parce

qu'elle était vide, suggère Karine.

– La jeter ? Tu n'y penses pas ! s'écrie Nicolas. Impossible ! Il y tenait beaucoup trop et il était fier de son invention. Et puis, c'est idiot ce que tu dis ; tu sais très bien qu'il peut remplir les poches quand elles sont vides.

– Oui, c'est vrai... Ouvre-la ! ordonne Karine.

Son frère obéit, ouvre les petites cases et en fait l'inventaire.

– Trois poches vides... une pleine de menthe, et des pailles.

– Et là, regarde, c'est un petit agenda... dit Karine en s'en emparant, voyons un peu... Elle tourne fièvreusement les pages du carnet et s'arrête à la date du 14 Juillet.

– 14 heures. Place de Verdun, cavalcade avec Nicolas et Karine, lit-elle. Il a bien noté notre rendez-vous. Mais au-dessous, il a marqué quelque chose... Tu comprends, toi ? La fillette donne le carnet à son frère.

– Montre... On dirait qu'il a griffonné trois mots... Mais pour les déchiffrer, ce n'est pas évident.

Karine s'approche.

— C'est presque illisible... Le dernier mot ressemble à : Minimes, non?

— Minimes... En effet, ça pourrait être ça, approuve Nicolas, il en reste encore deux à trouver.

— Ce n'est pas de la tarte, son truc!

— On dirait que le premier mot commence par un «t», regarde bien, Karine.

— C'est possible... Voyons, qu'est-ce qui peut bien commencer par cette lettre?

— S'il faut passer tous les mots débutant par «t» en revue, on n'a pas fini! soupire Karine. Si au moins, on avait un dictionnaire sous la main, on aurait des chances de tomber dessus... J'ai l'impression qu'on est en train de perdre un temps fou... Si ça se trouve ce ne sont que des gribouillis; il voulait peut-être voir si son stylo marchait?

— Non, non, je ne suis pas de ton avis, ça ne colle pas. Franck est soigneux, il n'aurait pas fait ça... Il faut trouver la voyelle qui vient après... Eurêka! s'écrie-t-il, c'est forcément un «y».

— Un «y»? Pourquoi?

— Réfléchis, c'est la seule voyelle avec une

jambe !

— Ty... ty... types ! s'écrie Karine.

— Types, oui, c'est sûrement ça... Je me demande bien ce qu'il a voulu dire !

— Ça me fait penser à notre type en noir de ce matin, déclare Karine, tu auras beau dire, moi j'ai trouvé qu'il avait plutôt l'air louche.

— Louches ! proclame Nicolas, c'est louches qu'il a écrit ! Bien joué, Karine ! On a trouvé : « types louches Minimes ». Il a voulu laisser un message, voilà pourquoi il a laissé sa boîte ici sachant que quelqu'un la

trouverait. Ses coordonnées sont écrites sur la première page de son agenda, regarde... Il était sûr que si une personne la trouvait, elle la rapporterait au commissariat, et que cela mettrait les policiers sur la piste, mais de quoi? De qui?

– C'était risqué, quand même! répond Karine, tu crois que quelqu'un se serait dérangé pour aller porter cette simple boîte aux objets trouvés... J'en doute...

– Moi aussi. Il a eu une chance inouïe que nous tombions dessus. En tout cas, c'est inquiétant... On dirait qu'il a suivi quelqu'un. Alors, qu'a-t-il bien pu devenir?

– On est sur une piste sérieuse maintenant, et au moins on sait où aller, il faut faire le plus vite possible, affirme Karine.

– Tu as raison. Il faut filer aux Minimes par le bus de mer, il n'y en a pas pour longtemps, en route!

Chapitre VII

EN ROUTE POUR LES MINIMES

Malheureusement une mauvaise surprise attend les enfants : le bus de mer vient juste de partir.

— Ah zut ! dit Karine, il va falloir attendre un quart d'heure maintenant. Quelle perte de temps !

— Du calme, Karine, ça ne sert à rien de rouspéter, tu ne feras pas venir le bus plus vite.

— Il n'y pas un autre moyen d'y aller ?

— Peut-être qu'il y aurait un autobus vert ; on va aller voir à l'arrêt.

Quelques minutes plus tard, Nicolas regarde les heures de départ de l'autobus vert.

— Pas de chance, on vient de le rater aussi ! Le prochain est dans vingt minutes ; autant prendre le bus de mer, ça nous fera une balade en bateau en même temps.

– En attendant, on pourrait peut-être monter dans la tour, propose Karine. On doit avoir une vue splendide de là-haut.

– Si tu veux, approuve son frère.

Une fois parvenus en haut de la vieille tour Karine et Nicolas s'extasient en découvrant la vue qui s'offre à eux.

– On aurait dû monter ici plus tôt ! déclare la fillette d'un ton admiratif.

– C'est drôlement beau ! ajoute son frère. Regarde ces bateaux de toutes les couleurs !

– On dirait une forêt d'arbres sans feuilles, fait remarquer Karine, en montrant les mâts des voiliers dressés vers le ciel.

Du regard, ils passent en revue les anciennes maisons des armateurs qui bordent le port, puis s'arrêtent sur les terrasses des cafés remplies de touristes qui dégustent des boissons fraîches en admirant le paysage.

Quelle que soit la saison, le port est toujours très animé. Et cette année les vacanciers sont particulièrement nombreux; des touristes venus des quatre coins du monde se promenant, l'appareil photo en bandoulière, subjugués par le charme et la beauté du vieux port.

Le long des quais, une multitude de marchands ambulants proposent aux passants des articles divers : bijoux, tableaux, jeux pour les enfants, souvenirs...

Une foule dense circule entre ces petites boutiques.

Les promeneurs peuvent aussi admirer une petite fille en train d'exercer des chiens et des chats savants qui réalisent des prouesses sur des poutres et objets divers.

Un mélange d'odeurs de frites et de grillades flotte dans l'air.

Soudain, un bruit de moteur de bateau arrache les enfants à leur contemplation.

— C'est le bus de mer, viens vite, Karine, il ne faut pas le rater, celui-là, annonce Nicolas, en entraînant sa sœur vers l'étroit escalier en colimaçon.

— Lâche-moi, tu vas me faire tomber, crie-t-elle en se retenant au mur.

Par chance, l'embarcadère se trouve juste au pied de la tour.

— Tu crois que c'est prudent d'embarquer ? demande Karine. Regarde comme la mer est agitée! Le temps se couvre. J'ai peur qu'il y ait de l'orage. Si on rentrait à la maison?

— Pas question! On ne va pas abandonner alors que l'on est sur une piste! Pense à ce pauvre Franck qui a sûrement de gros problèmes en ce moment...

— C'est vrai, le pauvre, il faut absolument le retrouver. En route pour les Minimes, déclare-t-elle bravement.

— Ne t'inquiète pas, tu n'as rien à craindre, le bus de mer n'a encore jamais coulé, dit Nicolas à sa sœur, tandis qu'ils prennent place sur le bateau.

— Encore heureux, réplique celle-ci, pas tout à fait rassurée.

Le bus de mer est un bateau qui relie le vieux port aux Minimes, le nouveau port de plaisance, en un quart d'heure. C'est un moyen de transport original et très pratique.

Le bus de mer est une sorte de petit chalutier aménagé pour le transport des passagers. La promenade est agréable par temps calme et permet de découvrir le port sous un autre angle.

Malheureusement, comme un orage menace,

la mer est de plus en plus agitée.

L'avant de la petite embarcation semble littéralement plonger dans les vagues, et Karine commence à être sérieusement effrayée; elle se cramponne à son banc.

— Il va couler, j'en suis sûre, gémit-t-elle.

— Penses-tu... Je trouve que c'est amusant... on se croirait sur les montagnes russes. Et hop! on monte... et hop! on descend... c'est drôle... non?

— Arrête, supplie Karine. N'en rajoute pas je t'en prie, tu me donnes mal au cœur.

Elle regarde autour d'elle la tête des autres passagers.

Certains, comme son frère ont l'air d'apprécier la situation et plaisantent, tout à fait décontractés. Par contre, d'autres semblent assez crispés et regardent les vagues arriver avec une certaine angoisse. Ceux-là donneraient cher pour être ailleurs, c'est évident.

Le vent souffle de plus en plus; son sifflement couvre maintenant le bruit du moteur.

Le bateau grince d'une façon sinistre...

Les parents serrent leurs plus jeunes enfants très fort contre eux, pour les empêcher de

glisser et les protéger des éléments en colère.
Au moment ou le bus de mer amorce son
virage en direction du port de plaisance, les
vagues arrivent de travers et passent par-
dessus bord, éclaboussant les passagers qui
se mettent à crier.

Nicolas, en sortant son mouchoir de sa
poche pour s'essuyer le visage, fait tomber
sa clé.

Il se baisse pour la ramasser, mais à cet instant précis, le bateau plonge un peu plus vers
l'avant, entraînant la clé dans son mouvement.

Il se penche pour essayer de l'attraper, perd
l'équilibre, se relève, mais un mouvement
inverse du bateau le fait retomber sur le
banc, tandis que la clé repart dans l'autre
sens.

Karine éclate de rire en regardant son frère,
oubliant sa peur pendant quelques secondes.

– Ce n'est pas drôle! crie Nicolas pour se
faire entendre. Tu ferais mieux de m'aider!

Karine, bonne fille, surveille la clé et
lorsqu'elle passe devant elle, d'un geste
rapide, parvient à la coincer sous son pied.

— Et voilà le travail ! Rien de plus facile, déclare-t-elle en riant.

Nicolas, un peu vexé, prend la clé que lui tend sa sœur, et sans un mot la remet dans sa poche.

— Qu'est-ce qu'on dit ?

— Merci, murmure-t-il entre ses dents.

— Pas de quoi !

Cet incident étant clos, Karine regarde de nouveau la mer.

— Ça y est, on arrive.

— Ouf ! c'est pas trop tôt ! s'exclame Karine, j'ai l'impression d'avoir fait un voyage au long cours ! Je ne remonte pas sur ce bateau aujourd'hui. On prendra le bus pour rentrer, mais l'autre cette fois, celui qui roule sur la terre ferme !

Un peu étourdis par leur traversée mouvementée, les deux enfants mettent pied à terre.

— Quelle peureuse ! Bon, dit alors Nicolas d'accord, si ça peut te faire plaisir... Ah ! là, là ! Toutes les mêmes, ces filles... Elles ne changeront jamais !

— Quand tu auras fini de dire du mal de nous, préviens-moi ! Bon, ce n'est pas le

tout, mais on est aux Minimes! Et maintenant, où allons-nous?

— Si seulement je le savais... malheureusement, je n'ai pas le don de la voyance.

— C'est bien dommage! on avancerait plus
vite...

— En parlant d'avancer, si tu te dépêchais
un peu, il y a du monde derrière nous...

— J'ai la tête qui tourne, ce n'est pas de ma
faute... dit Karine, en regardant ou elle pose
le pied sur l'étroite passerelle. Je suis sûre
que c'est pareil pour tout le monde, après
une traversée aussi mouvementée, ça fait
drôle de ne plus être secoué, on se sent
bizarre.

— Parle pour toi, moi je me sens très bien,
pas bizarre du tout.

— Le contraire m'aurait étonné! Enfin,
nous y voilà! dit-elle, en posant le pied sur
le quai avec une satisfaction évidente.

— Ecoute!

D'un geste autoritaire de la main, Nicolas
ordonne à sa sœur de se taire.

— C'est de la musique! C'est vrai, j'avais
oublié qu'il y avait une espèce d'exposition

appelée Music Ville, le pays de la musique. J'ai vu des affiches tout à l'heure dans les rues.

— C'est sûrement où il y a tout ce monde, là-bas. Si on allait y faire un tour? suggère Nicolas.

— Tu crois? Je me demande bien ce que seraient allés faire là-bas les types louches de Franck.

— On peut toujours interroger des gens, on ne sait jamais... D'ailleurs, voilà l'orage; le ciel est tout noir. Il va sûrement y avoir une belle averse. Au moins, on sera à l'abri.

— Alors, go!

Au moment ou ils arrivent devant le grand chapiteau, de grosses gouttes d'une pluie chaude commencent à tomber.

— Il était temps! constate Nicolas.

A peine entrés, ils s'arrêtent, stupéfaits de voir ce qu'ils découvrent.

— Pour un drôle de pays, c'est un drôle de pays! s'extasie Karine, en jetant un coup d'œil circulaire.

— Regarde! Les maisons sont en forme de guitare, les flûtes représentent les arbres. Il

n'y a que des instruments de musique, ce n'est pas banal !

— C'est drôlement bien fait, approuve son frère, tu as vu ? les habitants sont des notes de musique déguisées !

— Et l'école... C'est un grand piano, la cour un tambour... C'est sûrement amusant de marcher là-dessus, on doit bien rebondir et je suis sûre que les pas résonnent...

— Je ne voudrais pas te vexer, mais à mon avis tu es un peu plus lourde qu'une note de musique. Pauvre tambour...

– Je pense que je dois me sentir visée, encore une fois, dit Karine en riant.

– C'est ça qui est super avec toi! on peut plaisanter et tu prends rarement la mouche.

– Oh! Mais on dirait que c'est un compliment, ma parole! Je commence à comprendre pourquoi il pleut...

Les deux enfants se lancent un coup d'œil plein de tendresse et poursuivent leur visite.

– Tu ne devineras jamais ce que je viens de repérer là-bas! annonce Karine.

– Quoi?

– Des gaufres en forme de lyres!

– Hum! J'ai faim et ça me met l'eau à la bouche. Si on en achetait une? propose Nicolas.

– Excellente idée! Le sandwich de ce midi a été avalé si vite... et un cône ne remplit pas l'estomac.

Ils dévorent leurs gâteaux plus qu'ils ne les dégustent.

– Ça fait un bien fou! s'écrie Karine, la bouche pleine.

A ce moment-là, un homme-orchestre s'approche d'eux.

— Alors, les enfants, vous vous plaisez à Music Ville?

— Oui, monsieur, beaucoup! répond Nicolas, en avalant en toute hâte le morceau de gaufre qu'il vient de mettre dans sa bouche.

— Et vous n'avez encore rien vu! reprend l'homme, passez la porte en clé de sol, vous ne serez pas déçus.

Suivant son conseil, ils passent dans la salle voisine ou une nouvelle surprise les attend.

— Un gigantesque orchestre d'automates! s'exclame Nicolas émerveillé.

En effet, sur une estrade immense, des pingouins jouent de l'accordéon, des hérissons de la guitare, des souris blanches du piano, tandis qu'une chorale d'oiseaux multicolores chante.

— C'est amusant! dit Karine, au bout d'un moment. Regarde à l'autre bout, les singes qui dansent au son du tam-tam! On passerait des heures à les regarder...

— Oui, mais quel tintamarre il y a là-dedans... Je commence à avoir les oreilles cassées... et puis, c'est bien beau tout ça, mais ce n'est pas au milieu de l'orchestre que

l'on retrouvera Franck... Nous avons assez perdu de temps comme ça ici, il faut partir.
– Oui, d'ailleurs ça va faire du bien de sortir. C'est original mais un peu bruyant...

Chapitre VIII

L'ENQUETE PIETINE

— C'est parfait, il ne pleut plus! constate Karine en sortant.

— Il y a même un coin de ciel bleu, l'orage a l'air d'être passé.

— Tant mieux, mais je ne reprends quand même pas le bus de mer aujourd'hui; il y a toujours du vent et des vagues.

— Ne t'inquiète donc pas, on prendra l'autobus comme on l'a décidé tout à l'heure. Mais pour le moment, on n'en est pas là, il faut continuer notre enquête. Nous n'avons interrogé personne à Music Ville, il faut y retourner et montrer la photo de Franck.

— A qui? Aux notes de musique ou aux animaux de l'orchestre? demande Karine en riant.

— A l'homme-orchestre, évidemment!

Viens !

Aussitôt dit, aussitôt fait ; les enfants retournent sur leurs pas et regagnent Music Ville. Ils ne tardent pas à repérer l'homme-orchestre et s'approchent de lui :

— Excusez-nous, monsieur, nous recherchons un ami et nous voudrions savoir si par hasard vous ne l'auriez pas vu, dit Nicolas en tendant la photo de Franck.

L'homme la prend et la regarde attentivement avant de la leur rendre en secouant la tête d'un air désolé :

— Je suis navré, mais je ne me souviens pas avoir vu cette tête-là... Je ne peux pas vous renseigner. Allez donc demander au gardien à l'entrée, il pourra peut-être vous aider.

— Le gardien... On aurait dû y penser et commencer par lui ! s'exclame Nicolas. Avec un peu de chance, il se rappellera s'il l'a vu. Hélas, c'est la même réponse négative que les enfants reçoivent.

Ils ressortent du chapiteau très déçus.

— On n'avance pas beaucoup... C'était trop beau. Tout à l'heure, on avait des indices et maintenant plus rien... se lamente Karine.

– Il a pourtant écrit «Minimes», donc il y est venu!

– Pas sûr, répond la fillette, on ignore ce qui a pu arriver ensuite.

– J'ai l'impression que nous sommes dans une impasse, complètement coincés.

– Et si l'homme-orchestre et le gardien avaient menti? C'est une simple supposition, mais ce n'est peut-être pas si bête...

– Je ne vois pas dans quel but ils auraient fait ça.

– Réfléchis, c'est simple... Si jamais ils font partie de la bande, ils vont bien se garder de nous dire qu'ils ont vu Franck.

– Tu parles de bande, c'est sans doute un bien grand mot... On ne vas pas se mettre à voir des suspects partout, surtout un gardien, il ne peut pas être louche!

– Alors là, tu sais, ça ne veut rien dire. Personne n'est parfait et de nos jours il faut s'attendre à tout. On ferait mieux d'aller au commissariat, déclare Karine.

– Non, non, et non! C'est encore trop tôt. On va interroger le maximum de gens, les commerçants, les marchands ambulants et pourquoi pas les passants? On a encore beaucoup de pain sur la planche, au boulot, Karine!

– Plus têtu que toi, ça n'existe pas... Tu es fou? Il va falloir y passer la nuit pour bien faire; on n'y arrivera jamais!

– D'abord, il ne faut jamais dire jamais, et ce n'est vraiment pas le moment de baisser les bras! Tu me déçois, Karine, je te croyais plus courageuse.

– D'accord... soupire Karine.

Prenant leur courage à deux mains, les enfants interpellent des passants, montrent la photo de leur camarade à droite et à gauche.

A chaque fois qu'ils abordent quelqu'un, l'espoir d'obtenir un renseignement renaît, mais, bien vite, c'est une nouvelle déception qui les attend.

– Ce n'est pas possible, à la fin! fulmine Nicolas, personne ne l'a vu, il n'a pas pu se volatiliser!

– C'est bizarre. De deux choses l'une : ou bien à chaque fois on tombe mal et on montre la photo à quelqu'un qui ne sait réellement rien, ou alors, et à mon avis, c'est le plus plausible, il n'est pas venu ici!

— Effectivement, je commence à douter qu'il soit venu jusqu'ici. Et pourtant, il avait bien écrit «Minimes» dans son agenda, on n'a pas pu se tromper.

— Ecoute, sort le carnet, on va encore vérifier, propose Karine.

Nicolas ouvre la boîte et en retire le petit agenda. Penchés au-dessus de la page, ils tentent à nouveau de déchiffrer le message.

— Pourtant, c'est bien ça, affirme Nicolas.

— Oui, ça m'en a tout l'air… Sinon, qu'est-ce qui pourrait bien être marqué?

— Justement, j'ai beau chercher le nom d'un lieu ou d'un monument qui commence par un «m» et ayant le même nombre de lettres, je ne vois pas!

— Ou alors il a été enlevé et a jeté sa boîte à ce moment-là. Dans ce cas, il n'est sans doute pas venu ici, suggère Karine.

— Je ne pense pas qu'il ait pu être enlevé sur le vieux port; avec cette foule, quelqu'un l'aurait remarqué… C'est un vrai casse-tête, cette histoire! Réfléchissons… Quand on parle des Minimes, à quoi penses-tu aussitôt?

— Aux bateaux, évidemment!

— Exact... Aux bateaux.

— Et alors? C'était une question à combien? ironise Karine.

— Alors, répond Nicolas sans relever la plaisanterie, on a dû chercher dans la mauvaise direction. Que dirais-tu si on allait inspecter les pontons?

Karine redevient sérieuse.

— Mais oui... ça tombe sous le sens. Pourquoi n'y a-t-on pas pensé plus tôt? C'est par le port de plaisance qu'il fallait commencer, bien sûr!

Reprenant d'un seul coup confiance, Karine et Nicolas retrouvent toute leur énergie.

Ils se fraient un chemin entre les bateaux qui se trouvent sur les quais, soit pour être réparés, soit pour être nettoyés.

Au moment où ils s'apprêtent à se rendre sur un ponton, Karine avise un vieux pêcheur à la ligne assis un peu plus loin, dans un coin tranquille, à l'écart de l'agitation et du va-et-vient du port.

– Voilà l'homme de la situation ! annonce-t-elle, c'est lui qu'il faut d'abord interroger ; je suis certaine que c'est un habitué, lui au moins, il nous apprendra peut-être quelque chose.

– On peut toujours rêver... réplique son frère, allons-y !

Le pêcheur en question est assis sur le bord du quai, les jambes pendantes ; il est si absorbé par la contemplation de son bouchon, qu'il ne voit pas les enfants s'approcher.

– Tu crois qu'on peut lui montrer la photo ? demande Karine, soudain réticente, vu de près, il a une tête qui ne me revient pas... Tu ne le trouves pas bizarre, toi ?

– Si, un peu, mais tant pis, nous n'avons pas le choix, il ne faut rien laisser au hasard... De toute façon, il ne va pas nous manger ni nous mordre, qu'est-ce qu'on risque ?

– De se retrouver dans le port ! réplique Karine.

– Ne dis pas de bêtises... C'est pourtant vrai qu'il a une mine patibulaire, chuchote-t-il en avançant.

Ne sachant pas trop comment l'aborder, les enfants se rapprochent timidement de l'homme au physique si peu engageant.

Une casquette sale enfoncée jusqu'aux yeux, une barbe mal taillée qui lui mange tout le bas du visage, un vieil imperméable tout taché sur le dos, l'air renfrogné, il ne semble vraiment pas sympathique.

Tout à coup, à leur grande surprise, c'est lui qui les interpelle d'un ton brutal :

— Qu'est-ce que vous venez faire ici les mômes ? Allez ! Décampez ! Vous ne voyez pas que vous me gênez ?

Ne s'attendant pas à un tel accueil, Karine et son frère s'arrêtent, pétrifiés.

— Eh alors ? Vous êtes sourds ou quoi ? insiste-t-il, je viens de vous dire de déguerpir, et en vitesse ! Vous comprenez le français ? Si je me lève, gare à vous... On ne peut même plus pêcher tranquillement maintenant ! C'est un monde, ça !

Une flopée d'injures suit ces propos menaçants, mais Nicolas ne s'en occupe pas, et n'écoutant que son courage, il s'approche du vieux bonhomme grincheux et lui agite la photo sous le nez, tandis que, prudemment, Karine reste un peu à l'écart. Elle admire la témérité de son frère qui n'hésite pas à affronter l'homme irascible !

Nicolas prend la parole :

— Excusez-nous, monsieur, nous ne voulons pas vous déranger, mais nous recherchons notre ami, celui qui est sur cette photo ; on a pensé que si vous étiez ici hier, vous l'aviez peut-être aperçu ?

— Tu veux savoir si je connais ce garçon, c'est bien ça ? demande le pêcheur en bougonnant, qu'est-ce que ça peut bien te faire ? Décontenancé par une telle réponse, Nicolas regarde Karine qui, d'un geste, l'encourage à continuer.

— Permettez-moi d'insister, monsieur, mais c'est très important ! Il a disparu depuis hier et tout le monde est à sa recherche, à commencer par la police, bien sûr !

— La police ! s'écrie l'homme, qui semble troublé. Non, non et non ! Je vous le répète, je ne l'ai pas vu, ni hier ni un autre jour... De toute façon, je vois personne, je ne

m'occupe que de mes poissons.

— Vous êtes bien sûr qu'il n'est pas venu par ici?

— Combien de fois il faut que je te le répète? Allez, ouste! Dégagez! Laissez-moi tranquille! D'ailleurs, vous faites fuir les poissons! Du balai!

Cette fois, Nicolas abandonne la partie, voyant bien qu'il ne pourrait rien en tirer, et Karine et lui s'empressent de tourner les talons, soulagés d'en avoir fini avec ce malotru, mais déçus une fois de plus.

— Tu parles d'une vieille bourrique! déclare Nicolas, j'ai rarement vu quelqu'un d'aussi peu coopératif; qu'il aille au diable!

— Tu as vu, il a eu peur quand tu as parlé de la police. Il doit avoir quelque chose à se reprocher... J'espère qu'il ne va rien pêcher, pour la peine, ça lui apprendra...

— Quelle tête d'abruti, ne peut s'empêcher d'ajouter Nicolas, furieux.

— Oh! là, là! s'écrie Karine en jetant un coup d'œil à sa montre, tu as vu l'heure? Il va falloir rentrer. Maman nous a permis de mener notre enquête à condition d'être à la maison vers dix-huit heures; si on est en retard, elle va s'inquiéter. Déjà, je suis sûre qu'elle n'est pas tranquille et qu'elle regrette de nous avoir laissés partir.

— Je n'ai pas vu le temps passer, ça file trop vite, ce n'est pas possible!

— Remarque, depuis ce matin, on n'a pas chômé, non plus! fait remarquer judicieusement Karine, pense un peu à tout ce que l'on a fait.

— Oui, mais on n'a toujours pas retrouvé Franck.

– Le pire, c'est qu'on a perdu sa trace... Le pauvre, ça va faire deux jours qu'il a disparu. Où peut-il bien être?

– Je voudrais bien le savoir aussi... réplique son frère, mais il faut rester optimistes, nous, on n'a rien trouvé, mais la police a peut-être du nouveau.

– C'est faux ce que tu dis. On a quand même trouvé plusieurs indices, ne l'oublie pas.

– Bien sûr, je veux dire que nous n'avons pas retrouvé Franck, tu comprends?

– Qui te dit qu'à l'heure qu'il est il n'est pas tout simplement chez lui en train de s'inquiéter à notre sujet.

– Tu as raison, il a peut-être été retrouvé... Ce serait super!

– Il n'y a qu'à téléphoner à maman pour le savoir.

– On n'a pas le temps, l'autobus va arriver et si on veut monter dedans, on a intérêt à aller faire la queue; tu as vu le monde qui attend?

Tandis qu'ils parviennent à l'arrêt de l'autobus, un jeune homme arrive en même temps qu'eux, un petit poste de radio à la main.

— Ecoute, Nicolas, dit Karine, il y a un flash spécial !

Le jeune homme monte le son et les enfants peuvent entendre :

« Du nouveau dans la disparition du jeune Franck, annonce le journaliste, on vient juste d'apprendre que son portefeuille a été retrouvé au port des Minimes, hier soir, par un enfant qui vient seulement de le remettre à la police. Cette trouvaille est de la plus haute importance aux dires des enquêteurs car, sur un morceau de papier retrouvé à l'intérieur, un mot était griffonné, le mot : île. Les gendarmes vont donc diriger leurs recherches vers l'île de Ré. Il est maintenant à peu près certain que le jeune garçon a été emmené par bateau sur l'île. Affaire à suivre ! »

— Tu as entendu ? demande Nicolas, tu vois, on était sur la bonne piste, et il fallait bien chercher du côté des bateaux !

— Alors, le vieux pêcheur sait peut-être quelque chose, mais il n'a rien voulu dire, fait remarquer Karine.

— Ne t'inquiète pas, va, si la police mène son enquête par ici, il sera bien obligé de parler.

— Ça lui fera les pieds.

— Comme ça, tu vois, au moins on sait de quel côté il faut aller demain; direction, île de Ré!

— Nous qui pensions tout à l'heure qu'il avait peut-être été retrouvé, on avait malheureusement tout faux, dit tristement Karine. S'il est sur l'île de Ré, on est peut-être passé près de lui ce matin sans le savoir! Mais dis-donc, au fait, il a écrit île, qui te dit qu'il s'agit de l'île de Ré? C'est aussi bien l'île d'Aix, ou l'île d'Oléron, ou l'île Madame, on n'a que l'embarras du choix!

— Très juste... D'ailleurs, puisque les gendarmes vont fouiller l'île de Ré, ça ne sert à rien d'y aller... Moi je serais plutôt d'avis de faire un tour sur l'île d'Aix!

— C'est trop loin! On ne pourra pas y aller!

— Fais-moi confiance, on va bien trouver un moyen. Je te parie que demain on y sera!

Chapitre IX

CONSEIL DE FAMILLE

Karine et Nicolas entrent en trombe chez eux, une demi-heure plus tard.

— Papa? maman? Est-ce que vous avez du nouveau pour Franck? demande Nicolas.

— Oui, répond madame Decassis, sa maman nous a appelés dans l'après-midi pour nous dire que la police venait de découvrir un précieux indice.

— On lui a apporté le portefeuille de Franck, l'interrompt Karine.

— C'est bien ça, répond-t-elle d'un air étonné, mais comment le savez-vous?

— A l'arrêt de l'autobus, un garçon avait un transistor et il y a juste eu à ce moment-là un flash spécial qui l'annonçait.

— Le petit garçon qui l'a trouvé n'a d'abord rien dit à personne, explique monsieur Decassis. Il lui plaisait et avait envie de le garder; mais quand il a vu le journal télévision ce midi et qu'il a entendu le journaliste parler de Franck, il l'a montré à ses parents qui sont allés aussitôt le remettre à la police. La police pense qu'il l'a fait tomber pour laisser un indice derrière lui.

— Il est fort à ce jeu-là, on dirait! intervient Nicolas.

— Pourquoi dis-tu ça? demande sa mère.

— Parce que cet après-midi on a trouvé plusieurs indices nous aussi... répond Nicolas, qui raconte à ses parents la journée qu'ils viennent de passer, dans les moindres détails. A la fin de son récit, monsieur Decassis donne son avis :

— Il faut absolument mettre la police au courant de votre enquête et lui dire ce que vous avez trouvé de votre côté.

— C'est vraiment indispensable, tu crois? dit Nicolas, on a peur que la police nous interdise de continuer nos recherches.

— Et les policiers auraient tout à fait raison! intervient madame Decassis. Je trouve moi aussi que c'est beaucoup trop dangereux pour des gamins de votre âge... Et puis, il faut laisser la police faire son métier.

— Mais pourtant, maman, nous avons déjà bien avancé et il ne nous est rien arrivé ! proteste Karine, je t'assure que nous sommes très prudents !

— C'est quand même beaucoup trop risqué, insiste madame Decassis.

— Tu es aussi de cet avis, papa ? demande Nicolas.

— Oui, absolument, votre mère a entièrement raison, vous ne devez plus vous mêler de cette affaire. Il apparaît maintenant que Franck a été enlevé, cela devient vraiment sérieux.

— Justement, puisque Franck est en danger, il faut faire quelque chose ! reprend Nicolas. On sait que les gendarmes enquêtent sur l'île de Ré, alors on a pensé que ce serait peut-être utile d'aller faire un tour sur l'île d'Aix. Comme elle est petite, ce sera vite fait. Et ça pourra faire gagner beaucoup de temps, parce que les gendarmes, s'ils ne trouvent rien sur l'île de Ré, iront sur l'île d'Aix, automatiquement... Alors, on a envie de les devancer, et qui sait ? on aura peut-être la chance de retrouver Franck. Imaginez qu'il soit blessé quelque part, vous ne croyez pas qu'il faurait lui venir en aide le plus vite possible? Il faut tout faire pour le sauver, vous ne croyez pas?

— Tu as tout à fait raison, admet monsieur Decassis, il faut tout mettre en œuvre pour l'aider, d'autant plus qu'il n'y a aucune demande de rançon, ce n'est pas bon signe...

— Ah bon? Qu'est-ce que cela signifie? demande Karine.

— Cela veut dire qu'il n'a pas été enlevé pour de l'argent. Par conséquent, il est tombé entre les mains de malfaiteurs, certainement par hasard, et dans ce cas on ne peut pas savoir ce qu'ils ont l'intention de faire. Avec une demande de rançon à la clé, il aurait eu quelque chance d'être relativement bien traité, cela se passe ainsi en général. Or là, on ignore tout, malheureusement, on ne connaît pas les mobiles de cet enlèvement. S'il est entre les mains de dangereux maniaques, on peut redouter le pire...

— Arrête, tu vas effrayer les enfants! déclare madame Decassis. Regarde Karine, elle est toute pâle !

— Ne t'inquiète pas, m'man, ça va... Mais tu sais, on a tellement peur pour lui et on voudrait tant l'aider...

— Je comprends très bien, dit madame Decassis, nous nous sentons tous impuissants et inutiles dans cette affaire !

— Tout ce que je sais, c'est que demain il n'est pas question que je reste tranquillement à attendre la suite des événements ici ! déclare Nicolas.

— Moi non plus ! Je suis d'accord avec toi, Nicolas !

— Vous avez raison, les enfants, reconnaît leur mère, nous devons faire le maximum de notre côté pour le retrouver... Si vous voulez bien de moi, je suis prête à vous accompagner sur l'île d'Aix ; nous prendrons le premier bateau demain matin et nous y passerons la journée, est-ce que cela vous convient ?

— Tu es géniale, maman, c'est formidable ! s'écrie Karine en sautant au cou de sa mère. Monsieur Decassis intervient :

— Tu viens d'avoir une idée qui paraît

excellente au premier abord, mais qui l'est moins quand on y réfléchit.

— Pourquoi? demande sa femme.

— Parce qu'au lieu de m'inquiéter pour eux deux, je vais maintenant trembler pour vous trois... répond-il en riant. Je sais à présent de qui ils tiennent le goût du risque...

— Tu préfères que nous n'y allions pas?

— Non, au contraire, je crois que c'est une bonne idée... Mais surtout, promettez-moi d'être prudents tous les trois et de rester en contact avec moi. Essayez de me donner quelques coups de téléphone dans la journée pour me tenir au courant et me rassurer. Pour le moment, je vais au commissariat faire le point avec les policiers...

— Surtout, papa, ne dis pas un mot de notre enquête, recommande Karine.

— Promis! Motus et bouche cousue...

Chapitre X

L'ILE D'AIX

Le lendemain matin, toute la maisonnée se lève de bonne heure.

Après l'orage, le beau temps est revenu et c'est un soleil radieux qui salue les enfants lorsqu'ils ouvrent les volets.

— C'est super! Il fait un temps splendide aujourd'hui, constate Karine.

— Je trouve que c'est bon signe, répond Nicolas, et ça redonne le moral.

— Tu peux le dire! Je me sens une pêche d'enfer!

— Vous êtes prêts pour la grande expédition? demande madame Decassis.

— Depuis longtemps! répondent en chœur Nicolas et Karine.

— Alors, en route, si vous ne voulez pas rater le premier bateau.

Nicolas et Karine ne se le font pas dire deux

fois et montent dans la voiture qui démarre aussitôt.

— Si ça continue à bien rouler comme ça on ne mettra pas longtemps à faire la route, déclare madame Decassis.

— Tant mieux, répond Nicolas, j'ai hâte d'être sur l'île.

— A propos d'île, j'espère que de leur côté les gendarmes ont commencé leurs recherches sur l'île de Ré.

— Si les gendarmes savaient ce que l'on mijote, ils seraient furieux contre nous, dit Nicolas.

— J'ai l'impression d'être en compétition avec eux, ajoute Karine. Je trouve que ça rend l'enquête encore plus intéressante.

— En tout cas, j'espère que c'est nous qui gagnerons et que nous retrouverons Franck.

— Moi aussi. J'imagine déjà leurs têtes quand ils sauront qu'on l'a retrouvé !

— Ne te réjouis pas trop vite, Karine, tu sais bien qu'il ne faut jamais vendre la peau de l'ours avant de l'avoir tué, dit leur mère.

— Tu as raison, maman... Mais si seulement ça pouvait se passer comme ça...

Quelques minutes plus tard, la voiture s'arrête sur le parking de l'embarcadère situé dans une jolie petite station balnéaire de la côte.

Les enfants se précipitent au guichet et, tandis que leur mère les rejoint, les passagers commencent à monter sur le bateau qui est à quai.

– Il était temps! s'exclame madame Decassis en s'installant sur le banc. Pour un peu, si on avait eu le moindre embouteillage, on n'aurait pas pu prendre ce bateau, il est déjà plein.

– Et le prochain n'est que dans deux heures, on aurait pu perdre un temps fou, fait remarquer Nicolas.

Malgré l'heure matinale il y a effectivement beaucoup de monde sur l'embarcation. Comme les liaisons avec le continent ne sont pas nombreuses, les gens partent dès le matin pour passer le plus de temps possible sur l'île et rentrent par le dernier bateau qui est dans la soirée.

L'île d'Aix étant interdite aux voitures, le bateau n'embarque que des piétons et des cyclistes.

Les touristes se repèrent très facilement car leur tenue vestimentaire est différente et cela contraste avec le groupe de pêcheurs.

— Heureusement que la mer est calme aujourd'hui, déclare Karine, je ne sais pas si je serais montée sur le bateau.

— Bien sûr que si, affirme Nicolas, parce que là il n'y a pas le choix des moyens de transport.

— La traversée dure combien de temps, maman? demande Karine.

— Une vingtaine de minutes.

— Ça va aller vite, et on voit l'île juste en face, on a l'impression que ce n'est pas loin.

— Heureusement! parce que ce vieux rafiot ne m'inspire pas trop confiance dit Nicolas. Je ne voudrais pas vous alarmer, mais j'ai l'impression qu'il fait un drôle de bruit...

— C'est sans doute parce qu'il passe sur un banc de sable, le gouvernail doit toucher légèrement à cause de la marée basse, explique madame Decassis... Préparez-vous, les enfants, on va accoster, annonce leur mère en se levant et en ramassant les affaires.

A peine débarqués, ils regardent tout autour d'eux les bateaux de plaisance qui sont au mouillage dans le petit port.

— Comment savoir s'il est sur un de ces bateaux ? demande Karine.

— S'il est là, tu peux être sûre que tu ne le verras pas. Il faudrait pouvoir fouiller chaque bateau et malheureusement ce n'est pas possible, répond sa mère. On n'est pas de la police et nous n'avons pas de mandat de perquisition.

— Il n'est pas forcément sur un bateau, fait remarquer judicieusement Nicolas.

— Absolument, approuve madame Decassis. A supposer qu'il ait été conduit sur un bateau aux Minimes, rien ne vous dit qu'il y est toujours, il a dû en descendre au contraire.

— Donc il faut commencer par chercher sur l'île, décide Nicolas. Si Franck y est réellement venu, il aura sans doute essayé de laisser des messages ou des indices quelconques.

— Si toutefois c'est bien sur cette île qu'il a été emmené, déclare madame Decassis.

— Si c'est le cas, dit Karine, on pourrait peut

être aller du côté du fort... Il me semble que ce serait une cachette idéale.

— Oui, approuve Nicolas. Comme il se trouve au milieu des bois, bien isolé, à l'abri des regards indiscrets, c'est un bon endroit pour y séquestrer quelqu'un.

D'un pas décidé, ils empruntent la rue principale qui traverse le petit village.

Tout est calme et paisible. Les maisons, basses et blanches, caractéristiques de l'île, semblent toutes pimpantes et gaies sous le soleil de juillet. Le long des façades, de grandes roses trémières aux couleurs vives contribuent à donner une sensation de paix et de tranquillité ; le temps semble s'être arrêté.

— Au moins, c'est reposant ici, fait remarquer Karine, ça change de la ville... En plus, sans les voitures, on peut marcher où on veut.

— Pas vraiment, dit son frère, tu oublies les vélos... Et puis, méfie-toi quand même, certaines voitures sont autorisées à circuler, celles des médecins par exemple.

— Et regardez, les enfants, voici une autre sorte de véhicule ! ajoute madame Decassis, en leur montrant une calèche qui arrive en sens inverse.

Quelques mètres plus loin, ils passent devant une maison sur laquelle flotte un drapeau.

— Cela me fait toujours un drôle d'effet de penser que l'empereur Napoléon 1er a séjourné ici quelques jours et y a passé ses derniers moments sur le sol français, avant de se rendre aux Anglais et d'embarquer pour l'île de Sainte-Hélène, en juillet 1815, explique madame Decassis. Il faudra que nous revenions un jour visiter cette maison transformée en musée.

— Est-ce que c'est là qu'il y a le dromadaire de Napoléon? demande Karine.

— Non, il est en face, là, au Musée africain. C'est le dromadaire blanc que Bonaparte montait durant la campagne d'Egypte et qui a été naturalisé après sa mort... J'ai l'impression de vous faire un cours d'histoire! ajoute-t-elle en riant.

Ils poursuivent leur chemin et après avoir quitté la route, empruntent un sentier qui chemine à travers un bois de chênes-lièges et de pins.

— Hum... Comme ça sent bon ici! s'exclame Karine, en respirant à fond et en fermant les yeux.

— Je suis de ton avis... Malheureusement, à cause des circonstances, nous ne pouvons pas bien apprécier tout ça... Viens vite, Karine, tu traînes! fait remarquer madame Decassis.

Rappelée à l'ordre par sa mère, la fillette presse le pas et reprend sa place à ses côté. Nicolas marche un peu devant elles deux. Tout à coup, il se baisse et s'écrie d'un ton triomphant :

— Çà, alors ! ce n'est pas croyable ! Je vous avais bien dit qu'il fallait venir ici ! Regardez ce que j'ai trouvé, là, dans l'herbe... C'est encore un emballage de chocolat de Franck !

— Cette fois, ça ne peut pas être une coïncidence, dit Karine. Il a forcément fait exprès de les laisser derrière lui, il est donc bien venu sur cette île... J'en connais qui vont être bredouilles... Les gendarmes ne vont rien trouver sur l'île de Ré !

— Il faut reconnaître que votre intuition était bonne, les enfants, souligne leur mère, il faut continuer à chercher... Avec un peu de chance, il est toujours dans les parages. Soyons discrets, faisons le moins de bruit possible, recommande-t-elle, on ne sait jamais.

Encouragés par leur découverte, ils reprennent leur chemin en direction du fort.

Ils distinguent bientôt sa masse, un peu en contrebas. Mais l'accès au fort est assez difficile. Madame Decassis et les enfants doivent se faufiler entre les ronces, les fougères et les arbustes qui les griffent au passage. Et, une mauvaise surprise les attend : toutes les issues sont solidement fermées ; des planches clouées sur la porte en condamnent l'entrée. Ils font le tour du bâtiment, mais constatent qu'il n'y a vraiment pas moyen d'y pénétrer.

— C'est plutôt sinistre ici, dit madame Decassis, il n'y a aucun signe de vie.

— Non, c'est impossible que Franck soit là-dedans, dit Nicolas. D'ailleurs on voit bien qu'il n'y a pas eu d'allées et venues récentes, il faut faire demi-tour, c'était une fausse piste.

Le petit groupe remonte et arpente minutieusement tous les sentiers des alentours ; soudain ils se rendent compte qu'ils ne savent plus très bien où ils se trouvent.

— J'ai bien l'impression que nous tournons en rond ! déclare madame Decassis au bout d'un moment. Nous sommes déjà passés au moins deux fois ici, j'avais repéré ce grand nid là, tout en haut du pin.

— C'est trop bête, ça ! fulmine Nicolas. On perd un temps précieux ! Et comment retrouver le bon chemin maintenant ?

— Si nous sommes perdus, s'inquiète Karine, nous raterons le dernier bateau ce soir… Je n'ai pas envie de dormir à la belle étoile, moi !

— Ne t'en fais pas, on a plusieurs heures devant nous… Et puis, on n'est pas chez les sauvages. Tu as bien vu au village, il y a un hôtel, et il n'a pas l'air mal d'ailleurs, dit son frère, ça me plairait bien de dîner et de dormir sur l'île…

— Pas de panique, voyons, dit leur mère. Réfléchissons plutôt ; la mer n'est pas loin, forcément, elle est même toute proche, on l'entend bien… La côte doit être à droite, allons-y ; ensuite, nous pourrons nous repérer plus facilement.

Rassurés par cette sage décision, ils se laissent guider par le bruit des vagues et débouchent bientôt dans une petite crique.

— Ouf ! soupire Karine, je me demandais si nous allions finir par sortir de ce maudit bois.

— Il me semble qu'il y a un autre fort, beaucoup plus petit, mais je n'en suis pas très sûre. S'il existe, nous devrions le trouver en longeant la côte... En route, mauvaise troupe, déclare madame Decassis.

— Et c'est reparti! s'exclame Nicolas, en retrouvant toute son énergie.

— Attendez! Maman! Nicolas! Je crois que j'ai quelque chose dans le pied, sûrement une épine, il faut que je l'enlève. Ça me fait trop mal, je ne peux plus marcher!

Karine se laisse tomber sur le sable, à proximité d'une vieille coque de bateau retournée, se déchausse, puis, retire ses lunettes de soleil qu'elle pose à côté d'elle.

En fait, c'est un petit caillou pointu qui est responsable de sa douleur; elle s'en débarrasse, s'empresse de remettre sa chaussure et part en courant rejoindre sa mère et son frère qui l'attendent un peu plus loin.

Un instant plus tard, elle s'écrie:

— Zut! Mes lunettes! Je les ai oubliées sur la plage. Je file les chercher, j'en ai pour une seconde, surtout attendez-moi, je n'ai pas envie de vous perdre.

Chapitre XI

LA DECOUVERTE

Karine fait en courant le chemin inverse et retrouve ses lunettes là où elle les avait laissées.

Soudain, un bruit attire son attention; un peu effrayée elle regarde autour d'elle mais ne remarque rien.

Au moment où elle s'apprête à repartir, un bruit plus fort que le précédent retentit, semblant provenir de la vieille barque.

Elle prend alors ses jambes à son cou et très essoufflée, rejoint sa mère et Nicolas.

— Eh bien, Karine, que se passe-t-il? On dirait que tu es effrayée... Tu as vu quelqu'un? demande sa mère.

— Non, mais j'ai entendu de drôles de bruits dans la crique... Je crois que cela provenait de la barque.

— Tu as dû rêver, dit Nicolas.

– Non, pas du tout... Viens voir, il y a sûrement quelque chose sous le bateau...

– Bon, d'accord, je te suis.

Sur la plage, Karine fait signe à Nicolas et à madame Decassis qui les a accompagnés, de s'arrêter.

– Chut! Ecoutez... murmure-t-elle, on dirait un ronflement.

– Oui, tu as raison... Moi aussi, j'entends un bruit, dit madame Decassis. Il y a bien quelque chose là-dessous.

– Maman, j'ai peur! dit la fillette.

– Surtout, taisez-vous, dit madame Decassis, et restez là, je vais m'approcher tout doucement de cette barque et essayer de voir ce que c'est.

Nicolas et Karine, un peu inquiets la regardent s'approcher du bateau.

Elle s'arrête un instant et écoute. Le bruit continue de se faire entendre, et dans un certain sens, cela la rassure.

Elle est maintenant devant la barque; les planches vermoulues sont disjointes.

Madame Decassis se risque à jeter un coup d'œil par un interstice.

Puis elle se retourne vers ses enfants et leur fait signe de la rejoindre.

– Pas de bruit surtout... Je n'y vois rien, murmure-t-elle, il fait noir là-dedans... Il faudrait m'aider à soulever la coque... Vous êtes prêts ? A trois, on y va... Un... deux... trois...

Et hop! avec une synchronisation parfaite de leurs mouvements, ils parviennent à soulever la coque.

– Ça alors! s'exclament-ils en même temps; Franck!

C'est effectivement le jeune garçon qu'ils découvrent, recroquevillé et endormi.

Réveillé en sursaut par le bruit et la lumière qui inonde subitement sa cachette, il pousse un léger gémissement en se frottant les yeux.

— Ne crains rien, Franck, c'est nous! Maman, Karine et moi, Nicolas...

Etonné et soulagé à la fois, Franck les regarde.

— C'est vous? Ce n'est pas croyable! J'ai bien cru que les bandits m'avaient retrouvé, ouf! J'ai eu une de ces peurs!

— Dieu merci, tu es sain et sauf! constate madame Decassis. Comment te sens-tu?

Très bien, puisque vous êtes là... Au fait, comment avez-vous pu arriver jusqu'ici? demande Franck en se glissant hors de la barque.

— C'est une longue histoire, répond la maman de Nicolas et Karine, c'est plutôt à toi de nous raconter ce qui s'est passé.

— Je vais vous le dire, mais il faut d'abord trouver un téléphone pour appeler la police!

— Tu as raison, c'est urgent, tout le monde te recherche. Je vais en profiter pour annoncer la bonne nouvelle à mon mari, il doit s'inquiéter à notre sujet...

Au moment où il se met debout, Franck fait une grimace.

— Tu es blessé? demande Nicolas.

— Ce n'est rien, j'ai dû me tordre la cheville en m'échappant cette nuit, et en plus, je suis ankylosé, le sable n'est pas très confortable...

— Appuie-toi sur moi, si tu veux, propose Nicolas, ce sera mieux.

— Non, je te remercie, je peux marcher. Et je suis certain que je pourrais même courir en cas de besoin!

— En plein bois, ça m'étonnerait beaucoup que l'on trouve une cabine téléphonique, fait remarquer Karine.

— Il me semble que j'ai entendu des voix d'enfants tout à l'heure, lorsque nous étions au fort, dit madame Decassis, il doit y avoir une colonie de vacances pas loin; allons-y, nous pourrons téléphoner de là-bas, et en plus nous serons en sécurité.

Chapitre XII

L'AVENTURE DE FRANCK

Le directeur de la colonie, au courant de la disparition de Franck, se montre grandement soulagé par cet heureux dénouement. Il accueille madame Decassis et les enfants d'une façon très chaleureuse.

— Cette histoire nous avait tous bouleversés, explique-t-il, et nous n'étions pas rassurés de savoir que de sinistres individus s'étaient manifestés dans la région. Depuis le début de cette triste affaire, nous nous promenions le moins possible avec les enfants et nous avions renforcé notre surveillance. Cependant, nous étions loin d'imaginer que le danger rôdait si près... Où avez-vous retrouvé Franck?

— Pas très loin d'ici, dans une petite crique, répond madame Decassis. Mais nous vous raconterons toute l'histoire plus tard, si vous le permettez. Il faudrait que nous appelions la police tout de suite.

— Bien sûr... C'est la première chose à faire. Venez dans mon bureau, je vous en prie, dit le directeur, en l'invitant à le suivre.

Quelques minutes plus tard, madame Decassis ressort de la pièce, un grand sourire aux lèvres.

— Voilà, c'est fait ! Le commissaire m'a dit qu'un hélicoptère de la gendarmerie était prêt à décoller. Tout le monde est sur le pied de guerre... Il veut te parler, Franck, pour que tu leur expliques ce qui s'est passé. Ils veulent absolument retrouver tes ravisseurs !

Franck court au téléphone et revient un instant après, l'air radieux.

— Tout va bien, j'espère qu'ils vont réussir à les avoir... Pourvu qu'ils fassent vite... Le commissaire m'a dit qu'un hélicoptère viendrait nous chercher, et de l'attendre ici.

— Bon, tout est bien qui finit bien, dit madame Decassis. Puis elle se tourne vers le directeur de la colonie et lui demande la permission d'appeler son mari pour le rassurer. Lorsque qu'elle revient, elle s'adresse à

Franck :

– Et maintenant, tu vas avoir le temps de nous raconter ton aventure de A jusqu'à Z... Nous t'écoutons!

Tout le monde s'installe confortablement et le jeune garçon commence son récit.

– Donc, le 14 juillet, je suis parti de chez moi de bonne heure. Comme j'étais en avance à notre rendez-vous, je me suis promené sur la place en vous attendant. Je regardais machinalement les gens sans trop y prêter attention. A un moment donné, j'ai remarqué deux hommes qui semblaient, eux aussi, attendre quelqu'un. Comme j'ai trouvé qu'ils avaient une drôle de tête, je me suis amusé à les observer, et j'ai bien fait...

– Dis-donc, est-ce que par hasard il n'y avait pas un homme tout en noir? l'interrompt Karine.

– Si, mais pas un de ces deux-là, un autre. Comment le sais-tu?

– Parce qu'on pense l'avoir vu hier, répond-elle, puis s'adressant à Nicolas, elle lui dit d'un ton triomphant : tu vois, qui est-ce qui avait raison?

– Bon! bougonne celui-ci, chut! laisse Franck continuer.

– Un troisième homme, justement tout en noir, poursuit Franck, s'est approché et, tout en continuant à marcher, a pris discrètement un paquet qu'un des deux hommes a sorti de sa poche. Puis sans dire un mot, il a poursuivi son chemin, comme si de rien n'était, et s'est faufilé dans la foule. Alors, les deux autres sont partis aussi, de leur côté. Comme leur manège m'avait intrigué, j'ai décidé de les suivre pour m'amuser, histoire de passer le temps.

– Heureusement que tu as mangé tes chocolats et que tu as jeté tes papiers par terre, intervient Nicolas.

– Oui... La première fois, je l'ai fait sans réfléchir; ils marchaient vite et je ne voulais pas les perdre. Petit à petit, je me suis pris au jeu, j'avais l'impression d'être devenu un détective privé. Alors, j'ai jeté un autre papier, comme si c'était un indice.

– Tu étais sûrement loin de te douter qu'ils deviendraient effectivement de précieux indices pour nous, ne peut s'empêcher de souligner Karine.

— Tu penses... Au bout d'un moment, un des hommes s'est retourné, a dit quelque chose à l'autre qui s'est retourné aussi. J'ai compris qu'ils m'avaient repéré... Mais j'ai quand même décidé de continuer à les suivre pour savoir ce qu'ils manigançaient, parce qu'ils me semblaient de plus en plus louches.

J'ai accéléré le pas pour me rapprocher d'eux, pour entendre ce qu'ils disaient ; ils parlaient de bus de mer et des Minimes.

— Tu étais conscient des risques que tu prenais en faisant ça ? demande madame Decassis.

— Oui, je m'en suis rendu compte à ce moment-là. C'est pour cette raison que j'ai griffonné le petit mot sur mon carnet.

— Tu aurais pu t'appliquer pour écrire, tu nous as donné du fil à retordre pour déchiffrer ton message ! s'exclame Karine.

— J'aurais bien voulu te voir à ma place ! Si tu crois que j'avais le temps de m'appliquer... Je ne voulais pas perdre leur trace.

— Ensuite ? demande Nicolas.

— Ils se sont rendus près du podium, au pied des remparts, ont parlé avec quelqu'un, puis ont fait demi-tour. Pendant ce temps, j'attendais sur le petit pont. C'est là que j'ai eu l'idée de mettre l'agenda dans la boîte et de la jeter dans le fossé; je pensais bien que quelqu'un la trouverait et que cela pourrait peut-être m'aider à me tirer d'affaire, au cas où les choses se gâteraient.

— C'est nous aussi qui avons trouvé ta boîte, déclare Karine.

— Laisse-le donc continuer! dit Nicolas. Tu ne vas pas l'interrompre toutes les trente secondes...

— J'ai donc, moi aussi, pris le bus de mer. Arrivés aux Minimes, ils se sont dirigés vers un ponton un peu à l'écart et peu fréquenté, au bout du port. Ils sont allés vers une vedette, devant laquelle un autre homme les attendait. C'est à ce moment-là qu'ils se sont retournés brusquement et qu'ils se sont jetés sur moi... Tout en me débattant, j'ai réussi à jeter mon portefeuille par terre sans qu'ils s'en aperçoivent...

— Quand as-tu alors écrit le mot «île»?

demande madame Decassis.

— Sur le bus de mer, je les avais entendus, ils parlaient d'une île, mais j'ignorais de laquelle il s'agissait. Je sentais que cela devenait dangereux, mais j'avais décidé d'aller jusqu'au bout. Donc, ils ont dû m'assommer avant de me transporter sur le bateau. Lorsque je suis revenu à moi, j'étais ligoté et bâillonné. La vedette semblait être arrêtée, mais j'ignorais complètement où nous étions. Beaucoup plus tard, j'ai entendu un homme annoncer, à ceux qui étaient dans la cabine voisine, qu'il venait de recevoir un message et que le rendez-vous du lendemain matin était annulé et reporté au 16 à onze heures, au même endroit. D'après leur conversation, j'ai cru comprendre qu'ils devaient se rendre au large de Fort-Boyard pour chercher de la marchandise apportée par un yacht... Je pense qu'il s'agit de drogue. J'ai passé la nuit et une partie du lendemain dans la même position, allongé sur la couchette.

— Ils ne t'ont rien donné à manger? s'inquiète Nicolas.

— Si, heureusement, mais ils avaient dû verser un somnifère dans mon eau car j'ai somnolé tout le temps... Quand ils venaient me voir, je faisais semblant de dormir et ils me laissaient tranquille.

Le directeur de la colonie intervient :

— Tu étais bien traité au moins, ils ne t'ont pas fait de mal ?

— Non, je n'ai pas à me plaindre. Vers le soir, le bateau a quitté son mouillage. Je les ai entendu dire qu'ils allaient l'amarrer au port afin de se rendre à terre pour téléphoner, comptant repartir avant le lever du jour. Quand il a fait nuit, ils sont sortis.

— Tous les trois ? demande madame Decassis.

— Je pense que oui... Ils devaient me croire endormi, et comme j'étais ligoté, ils devaient être tranquilles. Ils ignoraient que dans la journée je n'avais pas perdu mon temps... J'avais essayé de desserrer mes cordes et elles commençaient à être plus lâches ; j'ai donc continué pendant leur absence. Mais ils sont revenus rapidement et je n'avais pas eu le temps de les défaire complètement.

J'écoutais tout ce qui se passait à côté. Ils se sont mis à boire et, au bout de quelques heures ils étaient ivres; ils chantaient, riaient, chahutaient. Puis d'un seul coup, ça a été le silence total. Pendant ce temps, j'avais réussi à me libérer. Lorsque je n'ai plus entendu de bruit, j'ai décidé de me risquer hors de ma cabine; j'avais remarqué qu'ils avaient oublié de la refermer à clé. Comme ils étaient profondément endormis, j'ai filé sans demander mon reste. C'est en sautant sur le quai que je me suis tordu la cheville.

Malgré la douleur, j'ai couru aussi vite que j'ai pu! J'avais peur qu'ils se réveillent et qu'ils s'aperçoivent de ma disparition. Comme je ne pouvais pas téléphoner puisque je n'avais ni carte, ni pièces, il fallait que je me cache absolument. J'ai pensé à aller au fort, mais en pleine nuit, dans un bois, ce n'est pas facile de se diriger et j'ai renoncé.

— Tu aurais dû aller frapper à une porte! déclare le directeur.

— J'avoue que je n'y ai pas pensé, je n'avais qu'une idée en tête : me cacher pour leur échapper.

— Tu es passé pourtant très près du fort, fait remarquer Nicolas, puisque nous avons retrouvé un papier de chocolat là-bas.

— Ah oui? Je l'ai jeté et j'ai continué mon chemin, droit devant moi, sans trop savoir où j'allais. J'ai fini par arriver jusqu'à cette crique, et j'ai pensé que la barque retournée était une bonne cachette. Je me suis glissé dessous avec beaucoup de mal et je me suis endormi. Et voilà, vous connaissez la suite...

— Tu parles d'une aventure! s'exclame

Nicolas, c'est un vrai roman policier!

— Tu as fait preuve de beaucoup de courage, mon garçon! dit le directeur, Bravo!

— Ecoutez, j'entends l'hélicoptère qui est en train de se poser près d'ici, dit madame Decassis.

Effectivement, quelques instants plus tard, le capitaine de la gendarmerie arrive et se dirige vers Franck.

— Félicitations, Franck! Grâce à toi, nous avons réalisé un beau coup de filet, les malfaiteurs sont sous les verrous... Tes renseignements étaient exacts : nous avons pu intercepter les gangsters au moment où ils recevaient leur marchandise, plusieurs kilos de drogue pure, au large de Fort-Boyard. Nous savons déjà qui est le chef, et son arrestation n'est qu'une question de minutes. Nous allons pouvoir ainsi démanteler tout leur réseau, c'est une prise magnifique!

Franck pousse un profond soupir de soulagement en entendant ces paroles, son cauchemar est vraiment terminé!

Le capitaine s'adresse alors à Nicolas et Karine :

— Quant à vous, les enfants, je devrais vous gronder pour avoir pris des risques aussi grands en menant votre enquête de votre côté, mais je dois avouer que vous nous avez fait gagner un temps précieux. Sans votre aide, nous serions sans doute arrivés trop tard pour les arrêter et qui sait ce qui serait alors advenu de votre ami ? Les gangsters n'aiment guère les témoins gênants, et une fois leur transaction effectuée, ils se seraient certainement lancés à sa poursuite... Tu sais, Franck, tu peux remercier Nicolas et Karine, tu leur dois une fière chandelle !

— Certainement ! approuve Franck, ils m'ont sauvé la vie... Ils sont formidables !

— Tu peux le dire... Bon, vous allez tous monter dans l'hélicoptère, je vais vous ramener. Au fait, à l'avenir, évitez tous les trois de jouer les détectives amateurs, laissez faire les professionnels... Compris ?

— Compris ! répondent en chœur nos trois amis en échangeant un coup d'œil complice...

FIN

Table des matières :

Sont parus dans cette série:

ISBN: 2-8006-3686-6
Dépôt légal:1.94/0058/22

N° d'impression: 14889311
Published by Hemma Belgium